Alfred de Musset
George Sand

« Ô mon George,
ma belle maîtresse... »

Lettres

ÉDITION PRÉSENTÉE ET ANNOTÉE
PAR MARTINE REID

Gallimard

> *La postérité répétera nos noms comme ceux de ces amants immortels qui n'en ont plus qu'un à eux deux, comme Roméo et Juliette, comme Héloïse et Abélard ; on ne parlera jamais de l'un sans parler de l'autre.*

MUSSET, 23 août 1834.

George Sand a vingt-neuf ans quand, en juin 1833, son chemin croise celui d'Alfred de Musset. Séparée de son mari, elle vient de rompre avec son amant, Jules Sandeau, et vit avec ses deux enfants dans une mansarde du quai Malaquais. La publication d'*Indiana* puis de *Valentine* l'année précédente l'ont rendue célèbre. À Paris, elle s'est entourée de jeunes artistes qui s'émerveillent de son talent et de sa grande liberté de conduite. Certains sont les confidents de ses déboires sentimentaux, d'autres de ses crises dépressives. Entre sa brève passion pour l'actrice Marie Dorval et sa liaison avortée avec Prosper Mérimée, Sand cherche désespérément un grand amour à sa mesure. De six ans son cadet, le vicomte

Alfred de Musset a publié à vingt ans les *Contes d'Espagne et d'Italie* qui ont assuré sa réputation de dandy inspiré. Depuis, il s'est lié avec quelques jeunes hommes de lettres promis à un bel avenir. S'il rêve lui aussi, en poète romantique, d'une passion hors du commun, Musset fréquente les cafés et les restaurants à la mode, les femmes et les bordels. Ses amis vantent ses prouesses sexuelles et colportent, faussement offusqués, ses excès de toutes sortes. Profondément instable, violent à l'occasion, il est parfois victime de crises délirantes accentuées par les effets de l'alcool.

Les deux écrivains se rencontrent par hasard, à l'occasion d'un dîner d'artistes. Sand y est la seule femme et invite Musset à lui rendre visite. Leur correspondance commence aussitôt. Ce sont d'abord quelques billets accompagnés de vers dans lesquels Musset dit son admiration pour *Indiana* (ils n'ont pas été reproduits ici). Quand Sand lui fait parvenir son roman *Lélia*, il salue « Monsieur George Sand, qui est désormais pour moi, un homme de génie ». L'été et l'automne 1833 prennent pour les amants l'allure d'une parenthèse enchantée : Alfred et George ne se quittent plus ; ensemble, ils écrivent, se lisent leurs textes, s'inspirent mutuellement. Alfred dessine sa maîtresse en pantoufles en train de fumer le houka, ou debout, de trois quarts, un éventail à la main. Il y a bien, début août, un bref voyage à Fontainebleau durant lequel Musset est victime d'hallucinations et menace de se précipiter dans le vide du haut d'un rocher. Sand s'en effraie beaucoup, mais tout semble rapidement rentrer dans l'ordre. En

décembre, ils décident de partir pour l'Italie. La suite
est bien connue. Sand est clouée au lit par une forte
dysenterie tandis que Musset court les bordels et les
tripots vénitiens; quand il tombe sérieusement
malade à son tour, elle se jette à la tête du jeune
médecin appelé à son chevet. Sans George, Alfred
quitte Venise en mars 1834. En août, la jeune femme
regagne Paris en compagnie de Pietro Pagello,
qu'elle abandonne aussitôt pour rejoindre ses
enfants dans le Berry. Les amants se revoient, se par-
donnent, reprennent pour quelques mois une liaison
passionnée, se séparent à nouveau. En novembre,
Sand est désespérée : « Ô mes yeux bleus, vous ne
me regarderez plus ! belle tête je ne te verrai plus t'in-
cliner sur moi et te voiler d'une douce langueur ! »
note-t-elle dans son *Journal intime*. En janvier 1835,
ils renouent pour peu de temps : Sand rompt défi-
nitivement quelques semaines plus tard.

L'échange de lettres raconte la même histoire mais
autrement, et de manière décalée. Les amants ne
s'écrivent pas, ou fort peu, quand ils sont ensemble;
dès lors, la correspondance n'éclaire que partielle-
ment les événements : la plupart des lettres sont
échangées durant le séjour de Sand à Venise entre
mars et août 1834, alors qu'elle a rompu avec Musset. Cette correspondance est principalement occupée de discours sur l'amour; Sand et Musset plaident
leur cause à tour de rôle, raisonnent et se justifient.
Fins analystes d'eux-mêmes, les amants s'aiment à la
vie à la mort, crient au sublime, désespèrent et prennent Dieu à témoin du caractère inéluctable de leur
amour. Tantôt ils se traitent en frères, en camarades,

en amis : Sand aime à passer pour un *homme* de lettres et, pour Musset, elle est tour à tour George, Georgette ou Georgeot. Tantôt ils évoquent un scénario familial dans lequel Sand tient le rôle de la mère et Musset celui de l'enfant, ce qui permet à la première de gronder affectueusement, au second de se faire docile et caressant. Les lettres taisent les railleries et les insultes de Musset, la violence de ses accusations et sa jalousie continuelle ; elles taisent aussi les mensonges de Sand et son extrême hésitation à quitter pour de bon un homme dont elle est profondément amoureuse. « Le véritable amour, écrit-elle à Émile Paultre, c'est quand le cœur, l'esprit et le corps se comprennent et s'embrassent. L'embrassement et la sympathie de ces trois choses se rencontrent une fois en mille ans. »

L'histoire finie, elle entre rapidement dans la légende. La littérature s'en occupe. Écrivains confirmés, Sand et Musset n'ont d'ailleurs pas cessé d'écrire pendant le temps de leur liaison. À la lecture de *La Confession d'un enfant du siècle* publié en 1836, Sand se reconnaît, pleure et pardonne. Tour à tour, Paul de Musset, frère d'Alfred, Louise Colet ou Pietro Pagello prennent la plume pour livrer leur version de l'histoire. Quant à leurs lettres, les amants ont mesuré leur relation sentimentale à l'aune de leur talent littéraire et n'en ignorent pas l'intérêt. D'abord, ils se les rendent ; ensuite, ils les confient à un ami commun ; enfin, Sand les récupère en 1857. Musset a censuré une partie de ses lettres ; à coups de ciseaux, Sand ampute les siennes de quelques passages, certaines phrases sont rayées au crayon rouge, d'autres sont récrites. Elle fait de même pour quelques lettres de Musset, sans se décider pourtant à publier leur correspondance de son vivant.

En 1999, avec *Les Enfants du siècle*, Diane Kurys adapte pour le cinéma l'une des plus célèbres liaisons de l'époque romantique. Les lettres échangées par les amants font toutefois entendre une autre musique, plus personnelle. À leur lecture, Sand resurgit et, avec elle, une force de caractère hors du commun ; quant à Musset, il parle d'amour avec la conviction touchante de Perdican dans *On ne badine pas avec l'amour*. Singulière, irrésistible, impossible pourtant, la passion qui les emporte pendant quelques mois se rejoue sous nos yeux.

MARTINE REID

Découvrez, lisez ou relisez les livres d'Alfred de Musset :

LES CAPRICES DE MARIANNE (Folio Théâtre n° 73)

LA CONFESSION D'UN ENFANT DU SIÈCLE (Folio n° 476)

EMMELINE suivi de CROISILLES (Folio 2€ n° 4555)

FANTASIO (Folio Théâtre n° 84 et Folioplus classiques n° 182)

LORENZACCIO (Folio Théâtre n° 112 et Folioplus classiques n° 8)

LORENZACCIO précédé d'ANDRÉ DEL SARTO (Folio n° 1026)

ON NE BADINE PAS AVEC L'AMOUR (Folio Théâtre n° 12)

Découvrez, lisez ou relisez les livres de George Sand :

CONSUELO suivi de LA COMTESSE DE RUDOLSTADT (Folio n⁰ˢ 4107 et 4108)

ELLE ET LUI (Folio n° 4825)

FRANÇOIS LE CHAMPI (Folio n° 4203)

INDIANA (Folio n° 1604)

LÉLIA (Folio n° 3911)

LETTRES D'UNE VIE (Folio n° 4061)

LES MAÎTRES SONNEURS (Folio n° 1139)

LA MARE AU DIABLE (Folio n° 3301)

MAUPRAT (Folio n° 1311)

PAULINE (Folio 2€ n° 4522)

LA PETITE FADETTE (Folio n° 4011)

Alfred de Musset à George Sand

Paris, 23 (?) juillet 1833.

J'ai reçu *Lélia* [1] — je vous en remercie, et bien que j'eusse résolu de me conserver cette jouissance pour la nuit, il est probable que j'aurai tout lu avant de retourner au corps de garde [2].

Si après avoir raisonnablement trempé vos doigts dans l'encre, vous vous couchez prosaïquement, je souhaite que Dieu vous délivre de votre mal de tête. — Si vous avez réellement l'idée d'aller vous percher sur les tours Notre-Dame [3], vous serez la meilleure femme du monde, si vous me permettez d'y aller avec vous — pourvu que je rentre à mon poste le matin, je puis disposer de ma veillée

1. Sand vient de lui envoyer son roman avec une dédicace.
2. Comme tous les citoyens de Paris, Musset devait assurer des heures de garde au poste de son arrondissement.
3. Pour assiter à un feu d'artifice à l'occasion des fêtes célébrant les journées révolutionnaires de juillet 1830.

13

patriotique; répondez-moi un mot, et croyez à mon amitié sincère.

ALF^D DE MUSSET.

Alfred de Musset à George Sand

Paris, 24 juillet 1833.

Éprouver de la joie à la lecture d'une belle chose faite par un autre, est le privilège d'une ancienne amitié — je n'ai pas ces droits auprès de vous, madame, il faut cependant que je vous dise que c'est là ce qui m'est arrivé en lisant *Lélia* — J'étais, dans ma petite cervelle, très inquiet de savoir ce que c'était; cela ne pouvait pas être médiocre, mais — enfin ça pouvait être bien des choses, avant d'être ce que cela est. Avec votre caractère, vos idées, votre nature de talent, si vous eussiez échoué là, je vous aurais regardée comme valant le quart de ce que vous valez. Vous savez que malgré tout votre cher mépris pour vos livres, que vous regardez comme des espèces de contrepartie des mémoires de vos boulangers, etc. — vous savez, dis-je, que pour moi un livre, c'est un homme, ou rien — je me soucie autant que de la fumée d'une pipe, de tous les arrangements, combinaisons, *drames*, qu'à tête reposée et en travaillant pour votre plaisir, vous pourriez imaginer et combiner. — Il y a dans *Lélia* des vingtaines de pages qui vont droit au cœur, franchement, vigoureusement, tout aussi belles que celles de *René* et de *Lara*[1]. Vous voilà George Sand ; autrement vous eussiez été Mme une telle, faisant des livres.

Voilà un insolent compliment — je ne saurais en faire d'autres, le public vous les fera. Quant à la joie que j'ai éprouvée, en voici la raison.

Vous me connaissez assez pour être sûre à présent que jamais le mot ridicule de — voulez-vous ? ou ne voulez-vous pas ? — ne sortira de mes lèvres avec vous. — Il y a la mer Baltique entre vous et moi sous ce rapport — vous ne pouvez donner que l'amour moral — et je ne puis le rendre à personne (en admettant que vous ne commenciez pas tout bonnement par m'envoyer paître, si je m'avisais de vous le demander), mais je puis être — si vous m'en jugez digne — non pas même votre ami — c'est encore trop moral pour moi — mais une espèce de camarade sans conséquence et sans droits, par conséquent sans jalousie et sans brouilles, capable de fumer votre tabac, de chiffonner vos peignoirs et d'attraper des rhumes de cerveau en philosophant avec vous sous tous les marronniers de l'Europe moderne. Si, à ce titre, quand vous n'avez rien à faire, ou envie de faire une bêtise (comme je suis poli !), vous voulez bien de moi pour une heure ou une soirée, au lieu d'aller ces jours-là chez Mme une telle, faisant des livres, j'aurai affaire à mon cher Monsieur George Sand, qui est désormais pour moi, un

1. *René* de Chateaubriand (1802) et *Lara* de Byron (1814).

homme de génie. Pardonnez-moi de vous le dire en face, je n'ai aucune raison pour mentir.

À vous de cœur,

ALF^D DE MUSSET.

Alfred de Musset à George Sand

Paris, 25 (?) juillet 1833.

Mon cher Georges *[sic]*, vos beaux yeux noirs que j'ai outragés hier m'ont trotté dans la tête ce matin — je vous envoie cette ébauche, toute laide qu'elle est, par curiosité, pour voir si vos amis la reconnaîtront, et si vous la reconnaîtrez vous-même.

Good night. I am gloomy today [1].

ALF^D DE M^T.

Alfred de Musset à George Sand

Paris, 25 (?) juillet 1833.

Mon cher Georges, j'ai quelque chose de bête et de ridicule à vous dire. Je vous l'écris sottement au lieu de vous l'avoir dit, je ne sais pourquoi, en rentrant

---

1. Bonsoir. Je suis sombre aujourd'hui.

de cette promenade. J'en serai désolé ce soir. Vous allez me rire au nez, me prendre pour un faiseur de phrases dans tous mes rapports avec vous jusqu'ici. Vous me mettrez à la porte et vous croirez que je mens. Je suis amoureux de vous. Je le suis depuis le premier jour où j'ai été chez vous. J'ai cru que je m'en guérirais tout simplement en vous voyant à titre d'ami. Il y a beaucoup de choses dans votre caractère qui pouvaient m'en guérir ; j'ai tâché de me persuader tant que j'ai pu ; mais je paye trop cher les moments que je passe avec vous. J'aime mieux vous le dire et j'ai bien fait, parce que je souffrirai bien moins pour m'en guérir à présent si vous me fermez votre porte.

Cette nuit, pendant que [...] j'avais résolu de vous faire dire que j'étais à la campagne, mais je ne veux pas faire de mystères ni avoir l'air de me brouiller sans sujet.

Maintenant, George, vous allez dire : encore un qui va m'ennuyer ! comme vous dites ; si je ne suis pas tout à fait le premier venu pour vous, dites-moi, comme vous me l'auriez dit hier en me parlant d'un autre, ce qu'il faut que je fasse. Mais je vous en prie, si vous voulez me dire que vous doutez de ce que je vous écris, ne me répondez plutôt pas du tout. Je sais comme vous pensez de moi, et je n'espère rien en vous disant cela. Je ne puis qu'y perdre une amie et les seules heures agréables que j'aie passées depuis un mois. Mais je sais que vous êtes bonne, que vous avez aimé, et je me confie à vous, non pas comme à une maîtresse, mais comme à un camarade franc et loyal. George, je suis un fou de me priver du plaisir de vous voir pendant le peu de temps que vous avez encore à passer à Paris, avant votre voyage à la campagne, et votre départ pour l'Italie où nous aurions passé de si belles nuits, si j'avais la force. Mais la vérité est que je souffre et que la force me manque.

ALF^D DE M^T.

Alfred de Musset à George Sand

Paris, 27 (?) juillet 1833.

S'il y a dans les feuilles que je viens [de] lire[1] une page où vous ayez pensé à moi, et que je l'aie deviné, je vous remercie, George [...] et, avant de [...] résister au désir de vous [...] je voudrais que vous me connûssiez mieux, que vous voyiez qu'il n'y a dans ma conduite envers vous ni rouerie ni orgueil affecté, et que vous ne me fassiez pas plus grand ni plus petit que je ne suis. Je me suis livré sans réflexion au plaisir de vous voir et de vous aimer — je vous ai aimée, non pas chez vous, près de vous, mais ici, dans cette chambre où me voilà seul à présent. C'est là que je vous ai dit ce que je n'ai jamais dit à personne. — Vous souvenez-vous que vous m'avez dit un jour que quelqu'un vous avait

1. Vraisemblablement des pages d'un cahier que Sand intitule *Sketches and Hints*.

demandé si j'étais Octave ou Cœlio[1], et que [vous] aviez répondu : tous les deux, je crois. — Ma folie a été de ne vous en montrer qu'un, George, et quand l'autre a parlé, vous lui avez répondu comme à [...]

À qui la faute ? à moi. Plaignez ma triste nature qui s'est habituée à vivre dans un cercueil scellé, et haïssez les hommes qui m'y ont forcé. Voilà un mur de prison, disiez-vous hier, tout viendrait s'y briser — Oui, George, voilà un mur, vous n'avez oublié qu'une chose, c'est qu'il y a derrière un prisonnier.

Voilà mon histoire tout entière, ma vie passée, ma vie future. Je serai bien avancé, bien heureux, quand j'aurai barbouillé de mauvaises rimes les murs de mon cachot ! Voilà un beau calcul, une belle organisation, de rester muet en face de l'être qui peut vous comprendre, et de faire de ses souffrances un trésor sacré pour le jeter dans toutes les voiries, dans tous les égouts, à six francs l'exemplaire ! Pouah !

Plaignez-moi, ne me méprisez pas. Puisque je n'ai pu parler devant vous, je mourrai muet. Si mon nom est écrit dans un coin de votre cœur, quelque faible, quelque décolorée qu'en soit l'empreinte, ne l'effacez pas. Je puis embrasser une fille galeuse et ivre morte, mais je ne puis embrasser ma mère.

Aimez ceux qui savent aimer, je ne sais que souffrir. Il y a des jours où je me tuerais ; mais je pleure ; ou j'éclate de rire, non pas aujourd'hui, par exemple. Adieu George, je vous aime comme un enfant.

---

1. Personnages des *Caprices de Marianne* (1833), l'un libertin, l'autre mélancolique.

Alfred de Musset à George Sand

Je crois, mon cher Georges, que tout le monde est fou ce matin ; vous qui vous couchez à quatre heures, vous m'écrivez à huit ; moi qui me couche à sept, j'étais tout grand éveillé au beau milieu de mon lit, quand votre lettre est venue. Mes gens auront pris votre commissionnaire pour un usurier, car on l'a renvoyé sans réponse. Comme j'étais en train de vous lire, et d'admirer la sagesse de votre style, arrive un de mes amis (toujours à huit heures), lequel ami se lève ordinairement à deux heures de l'après-midi. Il était cramoisi de fureur contre un article des *Débats* où l'on s'efforce ce matin même de me faire un tort commercial de quelques douzaines d'exemplaires [1]. En vertu de quoi j'ai essuyé mon rasoir dessus.

J'irai certainement vous voir à minuit. Si vous étiez venue hier soir, je vous aurais remerciée sept fois comme ange consolateur et demi, ce qui fait bien proche de Dieu. J'ai pleuré comme un veau pour faire ma digestion après quoi je suis accouché par le forceps de cinq vers et un hémistiche, et j'ai mangé un fromage à la crème qui était tout aigre.

1. Allusion au compte rendu de l'ouvrage de Musset, *Un spectacle dans un fauteuil*.

Que Dieu vous conserve en joie vous et votre progéniture jusqu'à la vingt et unième génération.

Yours truly,

ALF^D DE M^T.

Alfred de Musset à George Sand[1]

Venise, 27 (?) mars 1834.

Adieu, mon enfant. — Je pense que tu resteras ici et que tu m'enverras l'argent par Antonio[2]. — Quelle que soit ta haine ou ton indifférence pour moi, si le baiser d'adieu que je t'ai donné aujourd'hui est le dernier-de ma vie, il faut que tu saches qu'au premier pas que j'ai fait dehors avec la pensée que je t'avais perdue pour toujours, j'ai senti que j'avais mérité de te perdre, et que rien n'est trop dur [pour] moi. S'il t'importe peu de savoir si ton souvenir me reste ou non, il m'importe à moi, aujourd'hui que ton spectre s'efface déjà et s'éloigne devant moi, de te dire que rien d'impur ne restera dans le sillon de ma vie où tu as passé, et que celui qui n'a pas su t'honorer quand il te possédait, peut encore y voir clair à travers ses larmes, et t'honorer dans son cœur, où ton image ne mourra jamais — adieu mon enfant.

---

1. Plusieurs mois se sont écoulés. Les amants se sont rendus à Fontainebleau en août et sont partis pour Venise en décembre. La correspondance reprend alors que Musset, à peu près remis de longues semaines de maladie, a décidé de regagner Paris sans sa maîtresse.
2. Perruquier qui accompagne Musset dans son voyage.

George Sand à Alfred de Musset

Venise, 27 (?) mars 1834.

Non, ne pars pas comme ça! Tu n'es pas assez guéri et Buloz[1] ne m'a pas encore envoyé l'argent qu'il faudrait pour le voyage d'Antonio.

Je ne veux pas que tu partes seul. Pourquoi se quereller, mon Dieu? Ne suis-je pas toujours le frère George, l'ami d'autrefois?

Alfred de Musset à George Sand

Padoue, 29 mars 1834.

Tu m'as dit de partir, et je suis parti; tu m'as dit de vivre et je vis. Nous nous sommes arrêtés à Padoue; il était huit heures du soir et j'étais fatigué. Ne doute pas de mon courage. Écris-moi un mot à Milan, frère chéri, George bien-aimé.

---

1. François Buloz, directeur de la *Revue des Deux Mondes*.

George Sand à Alfred de Musset

Trévise, dimanche 30 mars 1834.

Je voulais te suivre de loin, mon enfant. En entrant à Venise je devais partir pour Vicence avec Pagello et savoir comment tu as passé ta première et triste journée. Mais j'ai senti que je n'aurais pas le courage de passer la nuit dans la même ville que toi sans aller t'embrasser encore le matin. J'en mourais d'envie mais j'ai craint de renouveler pour toi les souffrances et l'émotion de la séparation. Et puis, j'étais si malade en rentrant chez moi que je craignais de n'en avoir pas la force moi-même. M. Rebizzo est venu me chercher et m'a emmenée malgré moi coucher chez lui. Ils ont été très bons pour moi et m'ont parlé de toi avec beaucoup d'intérêt, ce qui m'a fait un peu de bien. À présent, je t'écris de Trévise. Je suis partie de Venise ce matin à six heures. Je veux absolument être à Vicence ce soir et aller à l'auberge où tu as couché. J'y dois trouver une lettre d'Antonio à qui j'ai recommandé de me laisser de tes nouvelles. Je suis forcée de m'arrêter ici une heure ou deux parce que Pagello a une visite à faire et m'a priée de prendre cette route qui n'est pas plus longue que l'autre à ce qu'il dit. Je ne serai tranquille que ce soir, et encore quelle tranquillité ! Un voyage si long, et toi si faible encore ! Mon Dieu, mon Dieu ! Je prierai Dieu du matin au soir. J'espère qu'il m'entendra. Je trouverai ta lettre demain à Venise. J'arriverai presque en même temps qu'elle. Ne t'inquiète pas de moi. Je suis forte comme un cheval, mais ne me dis pas d'être gaie et tranquille. Cela ne m'arrivera pas de sitôt. Pauvre ange ; comment auras-tu passé cette nuit ? J'espère que la fatigue t'aura forcé de dormir. Sois sage et prudent et bon comme tu me l'as promis. Écris-moi de toutes les villes où tu coucheras, ou fais-moi au moins écrire par Antonio, si cela t'ennuie. Moi je t'écrirai à Genève ou à Turin selon la route que tu prendras et dont tu m'informeras, de Milan.

Adieu, adieu, mon ange, que Dieu te protège, te conduise et te ramène un jour ici si j'y suis. Dans tous les cas, certes je te verrais aux vacances, avec quel bonheur, alors ! Comme nous nous aimerons bien, n'est-ce pas, n'est-ce pas, mon petit frère, mon joli enfant ? Ah ! qui te soignera, et qui soignerai-je ? Qui aura besoin de moi, et de qui voudrai-je prendre soin désormais ? Comment me passerai-je du bien et du mal que tu me faisais ? Puisses-tu oublier les souffrances que je t'ai causées et ne te rappeler que les bons jours ! le dernier surtout, qui me laissera un baume dans le cœur et en soulagera la blessure. Adieu mon petit oiseau. Aime toujours ton pauvre vieux

GEORGE.

Je ne te dis rien de la part de Pagello, sinon qu'il te pleure presque autant que moi, et que quand je lui ai redit tout ce dont tu m'avais chargée pour lui il a fait comme avec sa femme aveugle. Il s'est enfui en colère et en sanglotant.

Alfred de Musset à George Sand

Genève, 4 avril 1834.

Mon George chéri, je suis à Genève. Je suis parti de Milan sans avoir trouvé de lettre de toi à la poste. Peut-être m'avais-tu écrit ; mais j'avais retenu mes places tout de suite en arrivant et le hasard a voulu que le courrier de Venise, qui arrive toujours deux heures avant le départ de la diligence de Genève, s'est trouvé en retard cette fois. Je t'en prie, si tu m'as écrit à Milan, écris au directeur de la poste de me faire passer ta lettre à Paris ; je la veux, n'eût-elle que deux lignes. Écris-moi à Paris, mon amie, je t'ai laissée bien lasse, bien épuisée de ces deux mois de chagrin ; tu me l'as dit d'ailleurs, tu as bien des choses à me dire. Dis-moi surtout que tu es tranquille, que tu seras heureuse ; tu sais que j'ai très bien supporté la route ; Antonio doit t'avoir écrit. Je suis fort, bien portant, presque heureux. Te dirai-je que je n'ai pas souffert, que je n'ai pas pleuré bien des fois dans ces tristes nuits d'auberge ? Ce serait me vanter d'être une brute, et tu ne me croirais pas.

Je t'aime encore d'amour, George, dans quatre jours, il y aura trois cents lieues entre nous, pourquoi ne parlerais-je pas franchement ? À cette distance-là il n'y a plus ni violences ni attaques de nerfs : je t'aime, je te sais auprès d'un homme que tu aimes, et cependant je suis tranquille ; les larmes coulent abondamment sur mes mains tandis que je t'écris, mais ce sont les plus douces, les plus chères larmes que j'aie versées. Je suis tranquille ; ce n'est pas un enfant épuisé de fatigue qui te parle ainsi ; j'atteste le soleil que j'y vois aussi clair dans mon cœur, que lui dans son orbite. Je n'ai pas voulu t'écrire avant d'être sûr de moi ; il s'est passé tant de choses dans cette pauvre tête ! De quel rêve étrange je m'éveille !

Ce matin, je courais les rues de Genève, en regardant les boutiques ; un gilet neuf, une belle édition d'un livre anglais, voilà ce qui attirait mon attention. Je me suis aperçu dans une glace, j'ai reconnu l'enfant d'autrefois. Qu'avais-tu donc fait, ma pauvre amie ? C'était là l'homme que tu voulais aimer ! Tu avais dix ans de souffrance dans le cœur, tu avais, depuis dix ans, une soif inextinguible de bonheur, et c'était là le roseau sur lequel tu voulais t'appuyer ! Toi m'aimer ! mon pauvre George ! Cela m'a fait frémir. Je t'ai rendue si malheureuse ; et quels malheurs plus terribles n'ai-je pas encore été sur le point de te causer ! Je le verrai longtemps, mon George, ce visage pâli par les veilles qui s'est penché dix-huit nuits sur mon chevet ; je te verrai longtemps dans cette chambre funeste où tant de larmes ont coulé ! Pauvre George ! pauvre chère enfant ! tu t'étais trompée ; tu t'es crue ma maîtresse, tu n'étais que ma mère ; le ciel nous avait fait l'un pour l'autre ; nos intelligences, dans leur sphère élevée, se sont reconnues comme deux oiseaux des montagnes, elles ont volé l'une vers l'autre. Mais l'étreinte a été trop forte ; c'est un inceste que nous commettions.

Eh bien, mon unique amie, j'ai été presque un bourreau pour toi ; du moins dans ces derniers temps ; je t'ai fait beaucoup souffrir, mais Dieu soit loué, ce que je pouvais faire de pis encore, je ne l'ai pas fait. Oh ! mon enfant, tu vis, tu es belle, tu es jeune, tu te promènes sous le plus [beau] ciel du monde, appuyée sur un homme dont le cœur est digne de toi. Brave jeune homme ! dis-lui combien je l'aime, et que je ne puis retenir mes larmes en pensant à lui. Eh bien, je ne t'ai donc pas dérobée à la Providence, je n'ai donc pas détourné de toi la main qu'il te fallait pour être heureuse ! j'ai fait peut-être en te quittant la chose la plus simple du monde, mais je l'ai faite, mon cœur se dilate malgré mes larmes ; j'emporte avec moi deux étranges compagnes ; une tristesse et une joie sans fin. Quand tu passeras le Simplon, pense à moi, George ; c'était la première fois que les spectres éternels des Alpes se levaient devant moi, dans leur force et dans leur calme ; j'étais seul dans le cabriolet, je ne sais comment rendre ce que j'ai éprouvé. Il me semblait que ces géants me parlaient de toutes les [grandeurs] sorties de la main de Dieu, je ne suis qu'un enfant, me suis-je écrié, mais j'ai deux grands amis, et ils sont heureux.

Écris-moi, mon George. Sois sûre que je vais m'occuper de tes affaires. Que mon amitié ne te soit jamais importune, respecte-la, cette amitié plus ardente que l'amour, c'est tout ce qu'il y a de bon en moi, pense à cela, c'est l'ouvrage de Dieu, tu es le fil qui me rattache à lui ; pense à la vie qui m'attend.

George Sand à Alfred de Musset

J'étais dans une affreuse inquiétude, mon cher ange. Je n'ai reçu aucune lettre d'Antonio. J'avais été à Vicence exprès pour savoir comment tu aurais passé cette première nuit. J'avais appris seulement que tu avais traversé la ville dans la matinée. J'avais donc pour toutes nouvelles de toi, les deux lignes que tu m'as écrites de Padoue, et je ne savais que penser. Pagello me disait que certainement, au cas où tu serais malade, Antonio nous écrirait, mais je sais que les lettres se perdent ou restent six semaines en route dans ce pays-ci. J'étais au désespoir. Enfin j'ai reçu ta lettre de Genève. Oh que je t'en remercie mon enfant ! Qu'elle est bonne et qu'elle m'a fait de bien ! Est-ce bien vrai, que tu n'es pas malade, que tu es fort, que tu ne souffres pas ? Je crains toujours que par affection, tu ne m'exagères cette bonne santé. Oh que Dieu te la donne et te la conserve, mon cher petit ! Cela est aussi nécessaire à ma vie, désormais, que ton amitié. Sans l'une ou sans l'autre, je ne puis pas espérer un seul beau jour pour moi. Ne crois pas, ne crois pas, Alfred, que je puisse être heureuse avec la pensée d'avoir perdu ton cœur. Que j'aie été ta maîtresse ou ta mère, peu importe. Que je t'aie inspiré de l'amour ou de l'amitié, que j'aie été heureuse ou malheureuse avec toi, tout cela ne change rien à l'état de mon âme à présent. Je sais que je t'aime, et c'est tout. Mais non pas avec cette soif [douloureuse] de t'embrasser à toute seconde, que je ne pourrais satisfaire sans te donner la mort. Mais avec une force toute virile et aussi avec toutes les tendresses de l'amour féminin. Veiller sur toi, te préserver de tout mal, de toute contrariété, t'entourer de distractions et de plaisirs, voilà le besoin et le regret que je sens depuis que je t'ai perdu... pourquoi cette tâche si douce et que j'aurais remplie avec tant de joie est-elle devenue peu à peu si amère et puis tout à coup impossible ? Quelle fatalité a changé en poison les remèdes que je t'offrais ? Pourquoi, moi qui aurais donné tout mon sang, pour te donner une nuit de repos et de calme, suis-je devenue pour toi, un tourment, un fléau, un spectre ? Quand ces affreux souvenirs m'assiègent (et à quelle heure me laissent-ils en paix ?) je deviens presque folle. Je couvre mon oreiller de larmes. J'entends ta voix m'appeler dans le silence de la nuit. Qu'est-ce qui m'appellera à présent ? Qui est-ce qui aura besoin de mes veilles ? à quoi emploierai-je la force que j'ai amassée pour toi, et qui maintenant se tourne contre moi-même ? Oh ! mon enfant, mon enfant ! que j'ai besoin de ta tendresse et de ton pardon ! Ne parle pas du mien, ne me dis jamais que tu as eu des torts envers moi. Qu'en sais-je ? Je ne me souviens plus de rien, sinon que nous aurons été bien malheureux et que nous nous sommes quittés. Mais je sais, je sens que nous nous aimerons toute la vie avec le cœur, avec l'intelligence, que nous tâcherons par une affection sainte de nous guérir mutuellement du mal que nous avons souffert l'un pour l'autre, hélas non ! ce n'était pas notre faute, nous suivions notre destinée, et nos caractères plus âpres, plus violents que ceux des autres, nous empêchaient d'accepter la vie des amants ordinaires. Mais nous sommes nés pour nous connaître et pour nous aimer, sois-en sûr. Sans ta jeunesse et la faiblesse que tes larmes m'ont causée, un matin, nous serions restés frère et sœur. Nous savions que cela nous convenait. Nous nous étions prédit les maux qui nous sont arrivés. Eh bien qu'importe, après tout ? Nous avons passé par un rude sentier, mais nous sommes arrivés à la hauteur où nous devions nous reposer ensemble. Nous avons été amants, nous nous connaissons jusqu'au fond de l'âme, tant mieux. Quelle découverte avons-nous faite mutuellement qui puisse nous dégoûter l'un de l'autre ? Oh malheur à nous, si nous nous étions séparés dans un jour de colère, sans nous comprendre, sans nous expliquer ! C'est alors qu'une pensée odieuse eût empoisonné notre vie entière, c'est alors que nous n'aurions jamais cru à rien. Mais aurions-nous pu nous séparer ainsi ? Ne l'avons-nous pas tenté en vain plusieurs fois, nos cœurs enflammés d'orgueil et de ressentiment ne se brisaient-ils pas de douleur et de regret chaque fois que nous nous trouvions seuls ? Non, cela ne pouvait pas être. Nous devions, en renonçant à des relations devenues impossibles, rester liés pour l'éternité. Tu as raison, notre embrassement était un inceste, mais nous ne le savions pas. Nous nous jetions innocemment et sincèrement dans le sein l'un de l'autre. Eh bien ! avons-nous un seul souvenir de ces étreintes qui ne soit chaste et saint ? Tu m'as reproché dans un jour de fièvre et de délire de n'avoir jamais su te donner les plaisirs de l'amour. J'en ai pleuré alors, et maintenant je suis bien aise qu'il y ait quelque chose de vrai dans ce reproche. Je suis bien aise que ces plaisirs aient été plus austères, plus voilés que ceux que tu retrouveras ailleurs. Au moins tu ne te souviendras pas de moi dans les bras des autres femmes. Mais quand tu seras seul, quand tu auras besoin de prier et de pleurer, tu penseras à ton George, à ton vrai camarade, à ton infirmière, à ton ami, à quelque chose de mieux que tout cela ; car le sentiment qui nous unit s'est formé de tant de choses, qu'il ne se peut comparer à aucun autre. Le monde n'y comprendra jamais rien, tant mieux, nous nous aimerons, et nous nous moquerons de lui.

À propos de cela, je t'ai écrit une longue lettre sur mon voyage dans les Alpes, que j'ai l'intention de publier dans la revue, si cela ne te contrarie pas [1]. Je te l'enverrai et si tu n'y trouves rien à redire, tu la donneras à Buloz. Si tu veux y faire des corrections et des suppressions, je n'ai pas besoin de te dire que tu as droit de vie et de mort sur tous mes manuscrits passés, présents et futurs. Enfin, si tu la trouves entièrement impubliable, jette-la au feu, ou mets-la dans ton portefeuille, *ad libitum*. Je te fais passer une lettre de ta mère, que j'ai reçue ces jours-ci, plus les vers que tu as oubliés dans mon buvard et que je recopie pour qu'ils tiennent moins de place.

1. Première allusion au texte intitulé « Lettre à un poète », qui paraîtra dans la *Revue des Deux Mondes* du 15 mai (elle est reprise dans *Lettres d'un voyageur*).

Qu'est-ce que je te dirai de ma position ? Je suis encore sur un pied et ne sais précisément ce qui adviendra de moi. Je suis à Venise en attendant que j'aie l'argent et la liberté nécessaires pour aller à Constantinople. Mais je voudrais auparavant remplir mes engagements avec Buloz. C'est pourquoi je travaille du matin au soir. Mais je n'ai pas encore touché à *André*[1], car il y a bien peu de jours que j'ai la force de travailler et ces jours-là, je les ai employés à t'écrire cette lettre sur les Alpes. J'ai bien envie d'y retourner. Mais alors, quand finirai-je *André* ? Ce Tyrol me met des idées si différentes dans la tête ! J'irai certainement y composer le plan de *Jacques* (dis à Buloz que *Jacques* est commencé[2]). En attendant, je tâche de reprendre goût au travail. Je fume des pipes de quarante toises de longueur. Je prends pour vingt-cinq mille francs de café par jour. Je vis à peu près seule. Rebizzo vient me voir une demi-heure le matin. Pagello vient dîner avec moi et me quitte à huit heures. Il est très occupé de ses malades dans ce moment-ci et son ancienne maîtresse qui s'est repris pour lui d'une passion féroce depuis qu'elle le croit infidèle, le rend véritablement malheureux. Il est si bon et si doux qu'il n'a pas le courage de lui dire qu'il ne l'aime plus et véritablement il devrait le faire, car c'est une furie et, de plus, elle lui *fait des traits*. Mais qui lui conseillera d'être rigoureux ? Ce n'est pas moi. Cette femme vient me demander de les réconcilier, je ne peux pas faire autrement, quoique je sente bien que je leur rends à l'un et à

1. Le roman sera publié en mai 1835.
2. Le roman sera publié en septembre 1834.

l'autre un assez mauvais service. Pagello est un ange de vertu et mériterait d'être heureux. C'est pourquoi je ne devrais pas le réconcilier avec l'*Arpalice*. Mais c'est pourquoi aussi, je partirai.

En attendant, je passe avec lui les plus doux moments de ma journée à parler de toi. Il est si sensible et si bon, cet homme! Il comprend si bien ma tristesse, il la respecte si religieusement! C'est un muet qui se ferait couper la tête pour moi. Il m'entoure de soins et d'attentions dont je ne me suis jamais fait l'idée. Je n'ai pas le temps de former un souhait, il devine toutes les choses matérielles qui peuvent servir à me rendre la vie meilleure, pour les autres, il se tait quand il ne comprend pas, il n'est jamais importun. J'ai une espèce de siège à soutenir contre tous les curieux qui s'attroupent déjà autour de ma cellule. Je ne sais pourquoi il en est toujours ainsi quand on veut vivre seule. Mais les importuns sont déjà à ma porte. Je ne sais quelles chipies ont lu mes romans et ont découvert que je suis à Venise. Elles veulent me voir et m'inviter à leurs *conversazioni*. Je ne veux pas en entendre parler. Je m'enferme dans ma chambre et, comme une divinité dans son nuage, je m'enveloppe dans la fumée de ma pipe. J'ai un ami intime qui fait mes délices et que tu aimerais à la folie. C'est un sansonnet familier que Pagello a tiré un matin de sa poche et qu'il a mis sur mon épaule. Figure-toi l'être le plus insolent, le plus poltron, le plus espiègle, le plus gourmand, le plus extravagant. Je crois que l'âme de Jean Kreyssler[1] est

1. Protagoniste des *Contes fantastiques* d'Hoffmann.

passée dans le corps de cet animal, il boit de l'encre, il mange le tabac de ma pipe tout allumée, la fumée le réjouit beaucoup et tout le temps que je fume il est perché sur le bâton et se penche amoureusement vers la capsule fumante. Il est sur mon genou ou sur mon pied quand je travaille, il m'arrache des mains tout ce que je mange, il foire sur le *bel vestito* de Pagello. Enfin c'est un animal charmant. Bientôt il parlera, il commence à essayer le nom de George.

Adieu, adieu, mon cher petit enfant. Écris-moi bien souvent je t'en supplie. Oh que je voudrais te savoir arrivé à Paris et bien portant ! Souviens-toi que tu m'as promis de te soigner. Adieu, mon Alfred, aime ton

GEORGE.

Je te prie de prendre chez moi un exemplaire d'*Indiana*, un de *Valentine* et un de *Lélia*. Je crois qu'il en reste deux, de *Lélia*, dont un en vélin que je te prie de ne pas m'envoyer parce que cet envoi peut se perdre. Joins à ce paquet les *Contes d'Espagne*; le *Spectacle*, *Rolla* et les autres numéros de la revue où sont *Marianne*, *Andréa*, *Fantasio*[1], enfin tout ce que tu as écrit. Mais procure-moi des exemplaires non reliés et n'expose pas ceux que j'ai dans ma petite collection aux chances du voyage. Tiens ce paquet tout prêt chez toi à mon adresse : *San Fantin, casa Mezzani, corte Minelli*. On ira le prendre chez toi avec une lettre de Pagello ou de moi. Il est déjà question ici de traduire nos œuvres et on les demande à

---

1. Sand se fait envoyer les ouvrages de Musset et les siens.

grands cris. Envoie-moi dans ta prochaine lettre tous les vers que tu as faits pour moi depuis les premiers jusqu'aux derniers. Tu trouveras les premiers dans mon livre de cuir de Russie. Si tu ne veux pas aller chez moi, fais-toi remettre tout cela par Boucoiran [1]. Plus tard tu m'enverras par la diligence plusieurs petits objets que je te demanderai mais qu'il ne faut pas mettre avec les livres. Pagello veut t'écrire, mais il est trop occupé aujourd'hui. Il me charge de t'embrasser pour lui et de te recommander d'avoir soin de son malade.

Alfred de Musset à George Sand

Paris, 19 avril 1834.

Mon amie chérie, je suis à Paris depuis le 12 ; j'ai fait venir Buloz le lendemain de mon arrivée. L'important c'est d'envoyer la fin d'*André*. Jusque-là, il n'est guère possible d'obtenir grand-chose. Quant au prix, il le donnera ; je n'ai pas eu l'air d'en douter un instant. « C'est bien cher », voilà tout ce qu'il a dit.

Tu me dis, mon enfant, que tu veux aller à Constantinople ; avec quoi y vivras-tu ? Si tu ne renonces pas à tes enfants, comment en reviendras-tu ? Et quand même tu y renoncerais pour un temps, n'es-tu pas trop fière pour faire des dettes ? Explique-toi là-dessus, si la tranquillité de ton pauvre Mussaillon

1. Jules Boucoiran, précepteur de son fils Maurice.

est quelque chose pour toi. Si je fais payer à Buloz d'une part ton loyer, d'autre part S[osthènes] de La R[ochefoucauld][1] et quelques autres dettes, je crois, dont tu m'as parlé, que te restera-t-il ? Peut-être de quoi vivre quelques mois à Venise, mais assurément pas de quoi la quitter. Songe, mon enfant, que c'est le dernier argent qui te reste à toucher, peut-être d'ici à longtemps. De mon côté, je ne sais même pas comment faire à Buloz une malheureuse comédie (faire une comédie !) dont je lui dois déjà le prix — j'enrage ; mais qu'y faire ? Réfléchis, je t'en prie, et écris-moi sérieusement tes projets. Tout ce qui dépendra de moi sera fait, compte là-dessus, quand je devrais me mettre des jambes et des bras postiches. Malheureusement la tête ne peut se remplacer.

Que je te remercie de ta lettre, mon amie. Je ne m'attendais pas à voir sitôt de ton écriture. Tu me dis de te parler de mes souffrances. Physiquement, je suis arrivé presque bien portant, quoique un coup de soleil sur la figure et un érésipèle aux jambes me rendissent horriblement ridicule ; grâce à Dieu, je suis debout aujourd'hui, et guéri, sauf une fièvre lente qui me prend tous les soirs au lit, et dont je ne me vante pas à ma mère, parce que le temps seul, et le repos, peuvent la guérir. Du reste, à peine dehors du lit, je me suis rejeté à corps perdu dans mon ancienne vie. Comment te dire jamais ce qui s'est passé dans cette cervelle depuis mon départ ? Mais,

1. Sosthènes de La Rochefoucauld (1785-1864), directeur des Beaux-Arts sous Charles X, ami de George Sand.

en somme, j'ai beaucoup souffert, et j'étais arrivé ici avec la ferme intention de me distraire et de chercher un nouvel amour. Je n'ai pas encore dîné une fois chez ma mère; j'avais arrangé avant-hier une partie carrée avec Dalton[1]; on m'avait mis, à côté de moi, une pauvre fille d'opéra qui s'est trouvée bien sotte, mais moins sotte que moi; je n'ai pu lui dire un mot et suis allé me coucher à huit heures. Je suis retourné dans tous les salons où mon impolitesse habituelle ne m'a pas ôté mes entrées. Que veux-tu que je fasse? plus je vais, plus je m'attache à toi, et bien que très tranquille, je suis dévoré d'un chagrin qui ne me quitte plus.

Tes meubles sont couverts de grandes couvertures de laine, ton lit n'a que les matelas, et les fenêtres sont sans rideaux; j'ai cru que j'entrais dans l'appartement d'un mort. Je ne saurais rester là-dedans; la seule chose qui me reste à faire, c'est de m'enfermer, mais je ne peux pas encore travailler, et dès que l'imbécile réfléchit un quart d'heure, voilà les larmes qui arrivent. Mon amie, tu m'as écrit une bonne lettre, mais ce ne sont pas de ces lettres qu'il faut m'écrire. Tu me dis que tu vas t'isoler et penser à moi; que veux-tu que je devienne quand je lis des mots pareils! Dis-moi plutôt, mon enfant, que tu t'es donnée à un homme que tu aimes, parle-moi de vos joies. Non, ne me dis pas cela. Dis-moi simplement que tu aimes et que tu es aimée; alors je me sens plein de courage et je demande au ciel que chacune de mes souffrances se change en joie pour toi. Alors

---

1. Le comte d'Alton-Shée (1810-1874), ami de longue date.

je me sens seul, seul pour toujours, et la force me revient car je suis jeune, et la vie ne veut pas mourir dans sa sève. Mais songe que je t'aime, qu'un mot de toi pourra toujours décider de ma vie, et que le passé tout entier se retourne en l'entendant.

Il ne faut pas m'en vouloir, mon enfant, de tout cela. Je fais ce que je peux (peut-être plus). Songe qu'à présent il ne peut plus y avoir en moi ni fureur, ni colère; ce n'est pas ma maîtresse qui me manque, c'est mon camarade George. Je n'ai pas besoin d'une femme, j'ai besoin de ce regard que je trouvais à côté de moi pour me répondre, il n'y a là ni amour importun ni jalousie, mais une tristesse profonde. Je regardais l'autre soir cette table où nous avons lu ensemble *Goetz de Berlichingen* [1]; je me souvenais du moment où j'ai posé le livre sur la table après le dernier cri du héros mourant : liberté, liberté! Tu étais beaucoup pour moi, ma pauvre amie, plus que tu ne croyais, et que je ne croyais moi-même.

Tu es donc dans les Alpes? N'est-ce pas que c'est beau? Il n'y a que cela au monde. Je pense avec plaisir que tu es dans les Alpes. Je voudrais qu'elles pussent te répondre, elles te raconteraient peut-être ce que je leur ai dit. Ô mon enfant, c'est là cependant qu'il est triste d'être seul.

Planche, M. Sandeau et Regnault [2] vomissent, à ce que m'a dit Buloz, tout ce qu'ils ont dans les entrailles contre moi, ce qui m'est bien égal.

1. Pièce de Goethe (1773), lue à l'automne précédent.
2. Le critique littéraire Gustave Planche, l'écrivain Jules Sandeau et Émile Regnault, médecin et ami de Sandeau.

Mme Hennequin[1] avait fait à ma mère tous les cancans possibles sur ton compte. Je n'ai pas eu de peine à la désabuser, il a suffi de lui parler des nuits que tu as passées à me soigner ; c'est tout pour une mère. Du reste, *L'Europe littéraire* est morte ; en sorte que les journaux n'ont pas donné signe d'attaques contre toi. Je n'ai trouvé qu'admiration, comme au temps d'*Indiana*. Adieu, ma sœur adorée. Va au Tyrol, à Venise, à Constantinople ; fais ce qui te plaît, ris et pleure à ta guise, mais le jour où tu te retrouveras quelque part seule et triste, comme à ce Lido, étends la main avant de mourir et souviens-toi qu'il y a dans un coin du monde un être dont tu es le premier et le dernier amour. Adieu mon amie, ma seule maîtresse. Écris-moi, surtout, écris-moi.

Tu as dû recevoir une lettre de Genève.

George Sand à Alfred de Musset

Venise, 29 avril 1834.

Tu es un méchant, mon petit ange. Tu es arrivé le 12 et tu ne m'as écrit que le 19. J'étais dans une inquiétude mortelle. Si j'avais eu au moins deux lignes d'Antonio, qui m'eussent appris ton arrivée, et qui m'eussent rassurée sur ta santé, j'aurais attendu plus patiemment une lettre de toi. Mais ne recevant pas signe de vie, j'ai beaucoup souffert et j'ai ima-

1. Propriétaire de la maison où Sand était logée.

39

giné les choses les plus noires. Enfin te voilà installé, tu souffres aussi, mais tu vis, mais tu as assez de force pour chercher, sinon pour trouver moyen de te distraire. C'est beaucoup mieux que tous les rêves affreux que j'ai faits. Ta lettre est triste, mon ange, mais elle est bonne et affectueuse pour moi. Oh! Quelle que soit la disposition de ton esprit, je trouverai toujours ton cœur, n'est-ce pas, mon bon petit. Je viens de recevoir ta lettre il y a une heure, et bien qu'elle m'ait émue douloureusement en plus d'un endroit, je me sens plus forte et plus heureuse que je ne l'ai été depuis quinze jours. Ce qui me fait mal, c'est l'idée que tu ne ménages pas ta pauvre santé. Oh je t'en prie à genoux, pas encore de vin, pas encore de filles! C'est trop tôt. Songe à ton corps qui a moins de force que ton âme, et que j'ai vu mourant dans mes bras. Ne t'abandonne au plaisir que quand la nature viendra te le demander impérieusement, mais ne le cherche pas comme un remède à l'ennui et au chagrin, c'est le pire de tous, quand ce n'est pas le meilleur. Ménage cette vie que je t'ai conservée, peut-être, par mes veilles et mes soins. Ne m'appartient-elle pas un peu à cause de cela? Laisse-moi le croire, laisse-moi être un peu vaine, d'avoir consacré quelques fatigues de mon inutile et sotte existence, à sauver celle d'un homme comme toi. Songe à ton avenir qui peut écraser tant d'orgueils ridicules et faire oublier tant de gloires présentes. Songe à mon amitié qui est une chose éternelle et sainte désormais et qui te suivra jusqu'à la mort. Tu aimes la vie et tu as bien raison. Dans mes jours d'angoisse et d'injustice, j'étais jalouse de tous les biens que tu pouvais et que tu devais me préférer. Aujourd'hui je t'aime sans fièvre et sans désespoir. Je voudrais te mettre sur le trône du monde et t'inviter à venir quelquefois fumer et philosopher dans ma cellule. Te voir arrivé à l'éclat que doit avoir ta destinée et te voler au monde de temps en temps pour te donner les joies du cœur, c'est ce que j'ambitionne et c'est ce que j'espère.

Je t'envoie la *lettre* dont je t'ai parlé[1]. Je l'ai écrite comme elle m'est venue, et sans songer à tous ceux qui devaient la lire. Je n'y ai vu qu'un cadre et un prétexte pour parler tout haut de ma tendresse pour toi, et pour fermer tout à coup la gueule à ceux qui ne manqueront pas de dire que tu m'as ruinée et abandonnée. En la relisant, j'ai craint pourtant qu'elle ne te semblât ridicule. Le monde que tu as recommencé à fréquenter ne comprend rien à ces sortes de choses et peut-être te dira-t-on que cet amour *imprimé* est comique et antimériméen. Si tu m'en crois, tu laisseras dire, et tu donneras la lettre à la revue. S'il y a quelque ridicule à encourir, il n'est que pour ton oisillon qui s'en moque et qui aime mieux le blâme que la louange de certaines gens. Que les belles dames crient au scandale, que t'importe ? Elles ne t'en feront la cour qu'un peu plus tendrement. D'ailleurs, il n'y a pas de *nom* tracé dans cette lettre, on peut la prendre pour un fragment de roman, nul n'est obligé de savoir si je suis une femme. En un mot, je ne la crois pas trop inconvenante pour la forme. Tu en jugeras, tu retrancheras

1. Voir note 1, p. 31.

ou changeras ce que tu voudras, tu la jetteras au feu si tu veux. Ne crains pas de me fâcher en me disant qu'il ne te plaît pas de la laisser publier. Je suis ici dans un monde si différent de celui où tu retournes. Toutes les idées que je comprenais là-bas me semblent si étranges dans la solitude où je m'enfonce, que je ne puis être juge et que je m'en rapporterai absolument à toi.

Ne t'inquiète pas de mes projets de voyage, de mes tristesses, de mes *stranezze* [1]. Je suis dans un singulier état moral, entre une existence qui n'est pas bien finie et une autre qui n'est pas encore commencée. J'attends, je me laisse aller au hasard, je travaille, j'occupe mon cerveau, et je laisse un peu reposer mon cœur. J'ai été malade plusieurs jours, Pagello m'a saignée et je suis bien. Mais cette indisposition m'a empêchée de quitter Venise et maintenant le manque d'argent me force d'y rester en attendant qu'il m'en vienne. J'ai eu à payer des petites dettes plus fortes que je ne croyais, mais je n'ai manqué de rien, sois sans inquiétude. J'ai encore de quoi vivre une quinzaine, et la bourse de Rebizzo m'est ouverte à discrétion. Mon petit individu a besoin de si peu pour subsister que je n'y ai pas eu recours. Je ne veux pas faire de dettes pour mon plaisir, aussi je ne voyagerai que si je le peux par moi-même. Il me faut très peu pour me promener à pied dans les montagnes, mais je ne m'y risquerai de nouveau que quand je serai bien sûre de ma force physique. Dors donc en repos sur mon compte, ta tranquillité m'est sacrée

1. Bizarreries.

mon cher enfant et j'aimerais mieux recevoir toutes les insultes de la terre que de donner lieu à d'injustes reproches contre toi. Tu n'entendras donc pas dire que je suis morte de désespoir ou de misère dans quelque coin. J'aurai soin de ma vie, à condition que tu auras soin de la tienne. Conservons-nous tous deux pour nous retrouver, pour vieillir fraternellement en disant l'un de l'autre : nous nous sommes connus, nous nous sommes aimés et nous nous estimons.

Figure-toi que j'ai été jetée ici de prime abord dans un tissu d'aventures romanesques. M. Pierre Pagello est un don Juan sentimental qui s'est trouvé tout à coup quatre femmes sur les bras. Tous les jours tragédie et comédie nouvelle, de la part de ses amantes et de ses amies. C'est un imbroglio à n'en pas finir et je t'en ferai le récit *épique* quand nous nous reverrons au mois d'août. Au milieu de tout cela, il a eu des tracasseries avec sa maîtresse de maison, et nous avons fait une association et un arrangement. Comme j'établis mon quartier général à Venise, j'ai pris le *1° piano* d'une maison qui sera toute à nous. Pagello et son frère au second, et près de moi Giulia Puppati. — Ah ! qu'est-ce que Giulia Puppati ? Certainement M. Dumas dirait de belles choses là-dessus. On dit dans la maison Mezzani que c'est la maîtresse des deux Pagello, et qu'elle et moi nous sommes les deux amantes du docteur. C'est aussi vrai l'un que l'autre. Giulia est une sœur clandestine, fille non avouée de leur père. Elle est jolie comme un ange et chante comme un rossignol. Elle a quelque fortune et comme elle a vingt-huit ou trente ans, elle est indépendante. Elle a une affaire de cœur à Venise et vient s'y établir dans quelques jours. Elle avait lu mes romans et professait pour moi un enthousiasme de fille romanesque. Nous avons fait connaissance et elle me plaît extrêmement. Nous avons donc fait ce plan de pot-au-feu, qui me sera je crois agréable. Avec mon caractère sérieux, mon travail de cinq ou six heures par jour, mes promenades solitaires, et mes projets de voyage fréquents, je n'aurai pas à souffrir des tracasseries qui adviennent toujours entre amis. Pagello est dehors toute la journée, et s'endort méthodiquement sur le sofa après le dîner avec sa *pipetta* dans l'œil comme la flûte de Debureau *[sic]* [1]. Roberto, son frère, est employé à la marine et ne passe à la maison qu'une heure ou deux le soir pour fumer, et boire le café ; c'est un assez drôle de garçon, la seconde épreuve de mon frère pour l'insouciance et la gaieté, spirituel dans son patois vénitien, indifférent à tout et pour tous, facile à vivre. Giulia est une créature sentimentale dont la figure ressemble effrontément à celle du père Pagello. C'est une pincée, demi-anglaise, demi-italienne, avec de grands cheveux noirs, de grands yeux bleus toujours levés au ciel, maniérée avec grâce et gentillesse, pleureuse, exaltée, un peu folle, bonne comme Pagello. Elle chante divinement et je l'accompagne avec le piano. Le reste du temps elle fera l'amour ou lira des romans.

Tu vois, cher enfant, que mon isolement n'a rien d'effrayant, et que, quand je serai lasse de rêver sur

1. Le célèbre mime était l'ami de Sand et de Musset.

les Alpes ou sur le Lido, je pourrai trouver des soins et le seul genre de société intime qui me convienne. Toute autre m'est antipathique. J'ai refusé obstinément toutes les connaissances que Rebizzo voulait m'amener. Je ne reçois que lui qui vient tous les jours et sa femme très rarement. Elle ne [...] passe depuis quelques jours une vie moins tranquille, la *s[ignor]a* Arp[alice], sa maîtresse, lui a arraché la moitié des cheveux et déchiré son *bel vestito*. L'autre jour j'ai entendu un vacarme épouvantable dans sa chambre. J'ai cru qu'il faisait une opération à trente chats réunis, mais la porte s'est ouverte avec fracas et j'ai entendu le docteur s'écrier : *Carogna, io ti amazzo* [1]! Sans moi il la tuait en effet, elle ne m'en déteste qu'un peu plus. J'ai signifié que je ne voulais plus entendre parler d'elle, et comme elle me faisait des menaces d'assassinat sérieuses, je l'ai fait menacer de mon côté de la recommander à la police. J'espère qu'elle me laissera tranquille. Ce n'est pas ma faute si Pagello ne peut plus la souffrir, elle fait tout ce qu'il faut pour cela et je n'ai pas assez d'éloquence pour réparer des torts aussi graves que la perte de ses cheveux et de son *vestito*.

Dans cinq jours Buloz recevra la fin d'*André*! Je t'envoie un bon que je te prie de faire toucher par Boucoiran chez Salmon [2]. Si Boucoiran a (toutes nos dettes payées envers lui) quelque reste de mon mois d'avril, qu'il le joigne à ces trois cents francs du mois de mai. Tâche de tirer de Buloz deux ou trois cents

1. Charogne, je te tue !
2. Le banquier du couple Dudevant.

francs à m'envoyer tout de suite. Emploie le reste plus tard à payer mes dettes. Pour le moment je serais bien aise de toucher une petite somme de sept ou huit cents francs, pour faire ce voyage de Constantinople, ou au moins pour me sentir le moyen de le faire, ce qui serait pour moi une pensée de liberté agréable au milieu de tout ce qui peut m'advenir de bon ou de fâcheux. Dans tous les cas, envoie-moi ce que tu pourras récolter de Salmon et de Buloz, peu ou prou ce sera toujours assez pour vivre à Venise. Je ne veux pas que tu songes à m'envoyer du tien et ce que tu me dis à cet égard me fait beaucoup de peine. Ne te souviens-tu pas que j'ai ta parole d'honneur de ne pas songer à ce remboursement avant trois ans ? Je te l'ai fait donner plusieurs fois pendant ta maladie et je ne te la rends pas. Songe que je n'ai à souffrir d'aucune manière, que mes affaires s'arrangeront parfaitement avec ce séjour de quelques mois à Venise et que tu ne peux te forcer au travail maintenant sans te faire beaucoup de mal et sans t'exposer à une rechute. Travaille pour t'amuser, pour te distraire, rien de plus, et si tu gagnes en t'amusant quelques bons petits sous, dépense-les agréablement et sans songer à moi qui ne manque de rien et qui n'ai besoin de rien. Si j'avais cet argent et que je fusse auprès de toi, je ne l'emploierais qu'en courses, en toilettes et en spectacles avec toi. Nous le mangerions [...] ferais, si nous en avons quand nous nous verrons [...] à l'opéra et nous monterons à cheval. Adieu [...] de Salmon [par] vienne au [...]

Alfred de Musset à George Sand

Paris, 30 avril 1834.

Ce n'est donc pas un rêve, mon frère chéri ; — cette amitié qui survit à l'amour, dont le monde se moque tant, dont je me suis tant moqué moi-même, cette amitié-là existe. C'est donc vrai, tu me le dis et je le crois, je le sens, *tu m'aimes*. Que se passe-t-il en moi, mon amie ? Je vois la main de la Providence comme je vois le soleil. Maintenant c'est fini pour toujours ; j'ai renoncé, non pas à mes amis, mais à la vie que j'ai menée avec eux. Cela m'est impossible de recommencer, j'en suis sûr ; que je me sais bon gré d'avoir essayé ! Sois fière, mon grand et brave George, tu as fait un homme d'un enfant. Sois heureuse, sois aimée, sois bénie, repose-toi, pardonne-moi ! Qu'étais-je donc sans toi, mon amour ? rappelle-toi nos conversations dans ta cellule ; regarde où tu m'as pris et où tu m'as laissé. Suis ton passage dans ma vie ; regarde comme tout cela est palpable, évident ; comme tu m'as dit clairement : ce n'est pas là ton chemin, comme tu m'as pris par la main pour me remettre dans ma route — assieds-toi sur le bord de cette route simple, ô mon enfant, tu étais trop lasse pour y marcher longtemps avec moi. — Mais moi, j'y marcherai. Il faut que tu m'écrives souvent, que tu me laisses t'écrire ma vie à mesure que je vivrai. Songe à cela, je n'ai que toi, j'ai tout nié, tout blasphémé, je doute de tout, hormis de toi. Dis-moi, auras-tu ce courage-là ? Toutes les fois que je relèverai la tête dans l'orage, comme un pilote effrayé, trouverai-je toujours mon étoile, la seule étoile de ma nuit ? Consulte-toi, ces trois lettres que j'ai reçues, est-ce le dernier serrement de main de la maîtresse qui me quitte, ou le premier de l'amie qui me reste ? Mais néglige-moi, oublie-moi, qu'importe ? Ne t'ai-je pas tenue ? oui, je t'ai tenue et embrassée de ces bras que voilà. Sais-tu pourquoi je n'aime que toi ? Sais-tu pourquoi, quand je vais dans le monde à présent, je regarde de travers comme un cheval ombrageux ? je ne m'abuse sur aucun de tes défauts ; tu ne mens pas, voilà pourquoi je t'aime. Je me souviens bien de cette nuit de la lettre [1]. Mais dis-moi, quand tous mes soupçons seraient vrais, en quoi me trompais-tu ? me disais-tu que tu m'aimais ? n'étais-je pas averti ? avais-je aucun droit ? ô mon enfant chéri, lorsque tu m'aimais, m'as-tu jamais trompé ? quel reproche ai-je jamais eu à te faire, pendant sept mois que je t'ai vue jour par jour ? et quel est donc le lâche misé-rable qui appelle perfide la femme qui l'estime assez pour l'avertir que son heure est venue ? — le men-songe, voilà ce que j'abhorre, ce qui me rend le plus défiant des hommes ; peut-être le plus malheu-reux. Mais tu es aussi sincère que tu es noble et orgueilleuse.

Voilà pourquoi je crois en toi et je te défendrai contre le monde entier jusqu'à ce que je crève. Main-tenant qui voudra peut me tromper, me maltraiter

1. Allusion à la nuit au cours de laquelle Musset avait surpris Sand en train d'écrire à Pagello.

et me déchirer, je puis souffrir, je sais que tu existes. S'il y a quelque chose de bon en moi, si je fais jamais quelque chose de grand, de mes mains ou de ma plume, dis-toi que tu sais d'où cela vient... *[Ici, quelques mots barrés.]* Oui, George, il y a quelque chose en moi qui vaut mieux que je ne pensais ; lorsque j'ai vu ce brave Pagello, j'y ai reconnu la bonne partie de moi-même, mais pure, et exempte des souillures irréparables qui l'ont empoisonnée en moi. C'est pourquoi j'ai compris qu'il fallait partir ; ne regrette pas, ma sœur bien-aimée, d'avoir été ma maîtresse. Il le fallait pour que je te connusse, il fallait que ton corps même fût [...], mais ne reviens jamais sur un mot sans raison que je t'ai dit, et que tu me rappelles dans ta dernière lettre. Les plaisirs que j'ai trouvés dans tes bras étaient plus chastes, c'est vrai, mais ne me dis pas qu'ils étaient moins grands qu'ailleurs ; il faut me connaître comme je me connais moi-même pour savoir ce qui en est. Rappelle-toi une strophe de *Namouna* [1] — il y avait dans tes bras un moment dont le souvenir m'a empêché jusqu'aujourd'hui, et m'empêchera encore longtemps d'approcher d'une autre femme.

J'aurai cependant d'autres maîtresses ; maintenant les arbres se couvrent de verdure, et l'odeur des lilas entre ici par bouffées, tout renaît et le cœur me bondit malgré moi. Je suis encore jeune, la première femme que j'aurai sera jeune aussi, je ne pourrais avoir aucune confiance dans une femme *faite*. De ce

---

1. Ce bref roman en vers (1832) compte deux strophes décrivant la jouissance du héros.

que je t'ai trouvée, c'est une raison pour ne plus vouloir chercher.

Je t'ai écrit tristement, la dernière fois ; peut-être lâchement ; je ne m'en souviens pas ; je venais du quai Malaquais, et j'avoue que c'est la seule chose que je ne puisse supporter encore. Je n'y ai été que trois fois ; et toujours je suis rentré comme abruti pour toute la journée, sans pouvoir dire un mot à personne. J'ai retrouvé des cigarettes que tu avais faites avant notre départ, et qui étaient restées dans la soucoupe. Je les ai fumées avec une tristesse et un bonheur étranges. J'ai, de plus, volé un petit peigne à moitié cassé dans la toilette, et je m'en vais partout avec cela dans ma poche. Tu vois que je te dis toutes mes bêtises ; mais pourquoi me ferais-je plus héroïque que je ne suis ? Tu aideras ton camarade à consoler ton amant. Sais-tu une chose qui m'a charmé dans ta lettre ? C'est la manière dont tu me parles de Pagello, de ses soins pour toi, de ton affection pour lui, et la franchise avec laquelle tu me laisses lire dans ton cœur. Traite-moi toujours ainsi, cela me rend fier. Mon amie, la femme qui parle ainsi de son nouvel amant à celui qu'elle quitte et qui l'aime encore, lui donne la preuve d'estime la plus grande qu'un homme puisse recevoir d'une femme.

Je m'en vais faire un roman. J'ai bien envie d'écrire notre histoire[1] ; il me semble que cela me guérirait et m'élèverait le cœur. Je voudrais te bâtir un autel, fût-ce avec mes os ; mais j'attendrai ta permission

---

1. Première allusion au projet de faire le récit de leur liaison. *La Confession d'un enfant du siècle* paraîtra en 1836.

formelle. Je te dirai qu'on parle beaucoup de mon retour ; une chose incompréhensible, c'est que quinze jours avant mon arrivée, tout le monde savait déjà que nous étions séparés. On disait t'avoir vue à Paris, de ton côté, t'avoir parlé même, au bal de l'Hôtel de Ville. Peut-être as-tu, dans un mauvais jour, écrit à Buloz quelque chose de cette triste séparation. Quoi qu'il en soit, j'ai peur qu'on croie que je n'ai voulu que me défendre du ridicule, tout en te défendant du blâme. Je voudrais cependant écrire, le public n'y comprendrait rien, mais ceux qui devineraient sauraient qu'au milieu de tant de calomnies stupides, il y a une voix pour toi, et que c'est celle d'un homme qui t'a connue pendant un an, précisément peut-être d'un homme que tu as quitté. Il m'est très indifférent qu'on se moque de moi, mais il m'est odieux qu'on t'accuse avec toute cette histoire de maladie.

J'ai reçu ta lettre de Trévise ; quel bon, excellent cœur tu as, mon enfant. Oui, nous nous reverrons ; comme je m'ennuie à périr ici, je vais aller aux eaux d'Aix au mois de juillet. Si tu viens à Paris aux vacances, tu m'écriras. Fussé-je à tous les diables, il faudra que je revienne ; je ne sais trop pourquoi j'ai dans la tête que je mourrai sans t'avoir revue. Voilà encore une bêtise — au fait, je serai ici avant toi. Je reviendrai à la fin d'août.

Ton histoire de sansonnet me charme. C'est de lui que je suis jaloux : il danse sur tes genoux, le coquin ! Sais-tu ce que je ferai ? J'en achèterai un aussi, et parbleu, il aura la bonté de manger de l'encre aussi, qu'il l'aime ou non, et il criera : George ! George !

toute la journée, mais il ne dansera point sur mes genoux, par respect pour mes pantalons.

Dis à Pagello que je le remercie de t'aimer et de veiller sur toi comme il le fait. N'est-ce pas la chose la plus ridicule du monde que ce sentiment-là ? Je l'aime, ce garçon, presque autant que toi ; arrange cela comme tu voudras ; il est cause que j'ai perdu toute la richesse de ma vie, et je l'aime comme s'il me l'avait donnée. Je ne voudrais pas vous voir ensemble, et je suis heureux de penser que vous êtes ensemble. Oh mon ange, mon ange, sois heureuse, et je le serai.

Je n'ai pas besoin de te dire que tes commissions sont faites ; je n'ai pas encore pu me décider à aller voir Maurice ; c'est encore une lâcheté dont je m'accuse ; mais il a une paire d'yeux noirs que je ne verrai pas sans douleur, je l'avoue. — Mon enfant, j'ai encore une permission à te demander, c'est de te faire quelquefois des rapsodies de sonnets, comme si tu étais encore ma maîtresse — et ne l'es-tu donc plus, mon amour chéri ? Tu la seras toujours, quand tu serais au bout du monde. Je te défie de m'empêcher de t'aimer, franchement il faut que je fasse ce roman — quel imbécile suis-je de m'inquiéter des sots, et de te parler d'eux ! Il faut que je le fasse, ou que j'étouffe. Vois-tu, George, la veine est ouverte, il faut que le sang coule ; je t'ai si mal aimée ! il faut que je te dise ce que j'ai sur le cœur.

Adieu, mon frère, mon ange, mon oiseau, ma mignonne adorée, adieu tout ce que j'aime sous ce triste ciel, tout ce que j'ai trouvé sur cette pauvre terre. Chantes-tu encore quelquefois nos vieilles romances espagnoles ? et penses-tu quelquefois à Roméo mourant ? adieu, ma Juliette.

Ramenta il nostr'amor [1].

Sainte-Beuve me dit de te serrer la main pour lui.

Alfred de Musset à George Sand

Paris, 10 mai 1834.

J'ai reçu ta *Lettre du Tyrol*. Que puis-je te dire, ma bien-aimée ? Elle paraîtra le 15 dans la *Revue*, c'est-à-dire dans six jours. Ô la meilleure, la plus aimée des femmes ! que de larmes j'ai versées ! quelle journée ! Je suis perdu, vois-tu — que veux-tu que je fasse ? Tu verses sur ma blessure les larmes d'une amie, le baume le plus doux, le plus céleste qui coule de ton cœur — et tout tombe comme une huile brûlante sur un fer rouge. — Je voudrais être calme et fort, quand je t'écris — je me raisonne, je m'efforce. Mais quand je prends la plume, et quand je vois ce petit papier qui va faire pour t'aller trouver ces trois cents lieues que je viens de faire — et il n'y a au monde que toi à qui je puisse parler de toi — pas un ami — pas un être — et qui d'ailleurs en serait digne ? Au milieu de mes chagrins, je sens bien que j'ai un trésor dans le cœur, je ne puis l'ouvrir à personne. Songes-tu à ce qui s'amasse pendant tant de nuits dans cette petite chambre, tant de jours soli-

1. Souviens-toi de notre amour.

taires ? et dès que je veux t'écrire, tout se presse jusqu'à m'étouffer. Mais je souffre, amie, et qu'importe de quoi je souffre ? — Tu me plaindras, tu ne te dégoûteras pas de moi. Figure-toi que c'est une autre que j'aime, que c'est une maladie que j'ai — Dieu m'est témoin que je lutte ; tu me dis que tu es dans un singulier état moral, entre une vie qui n'est pas finie, et une autre qui n'est pas commencée — et moi, où penses-tu que j'en sois ? En vérité, on dit que le temps guérit tout — j'étais cent fois plus fort le jour de mon arrivée, qu'à présent. Tout croule autour de moi. Lorsque j'ai passé la matinée à pleurer, à baiser ton portrait, à adresser à ton fantôme des folies qui me font frémir, je prends mon chapeau, je vais et je viens, je me dis qu'il faut en finir d'une manière quelconque. Je cherche du moins un peu de distraction ; ici je trouve [...]

Si je vais voir un ami, il me propose d'aller au bordel ; si je vais dans le monde, on me présente à Mme une telle, qui est bien aise de compléter une petite collection — Dieu sait de quoi. — Et quand tout cela m'a bien bourdonné aux oreilles, quand je me sens bien venir la nausée, je me retourne vers la solitude, et je la trouve si noire et si profonde que je n'ose aller ni d'un côté ni de l'autre.

Il faut que je parte ; j'espère que Buloz va me donner de l'argent ; j'irai je ne sais où. Au mois de juillet, je serai à Aix ; jusques là, je n'écrirai qu'à toi, et à ma mère. Au mois d'août, si tu viens à Paris, je t'attendrai à Genève ou à Lyon. Si tu es seule, je reviendrai passer quelques jours avec toi. Si tu es avec Pagello, je vous serrerai la main, et j'irai à Naples — et de là

54

à Constantinople, si je suis assez riche. J'ai peur de te voir y aller à présent, mon enfant ; un de mes amis, le fils du g[énér]al Gobert, vient d'y mourir de la fièvre. Alf[re]d Goin, un autre, et que j'aimais beaucoup, mort dans le même climat. Royer a attrapé une dysenterie affreuse et la fièvre. Il en a souffert longtemps.

Pourquoi me dis-tu dans ta lettre que tu ne voudrais pas qu'on me fît des reproches, à cause de toi, quand je te parle de mes inquiétudes pour ta santé ? Crois-tu donc que ce soit là ma pensée ? Mon amie, songe qu'une lettre de toi met dix jours à venir ici, qu'il faut que je vive dix autres jours de cette lettre. Ne doute pas de mon cœur, je t'en supplie. Je t'ai bien méconnue, bien mal aimée, bien fait souffrir — mais, vraiment, il y a une justice céleste. Tu me parles de gloire, d'avenir. — Je ne puis rien faire de bon — je vais publier ces deux volumes de prose de *Lorenzaccio* ; cela ne peut que me faire du tort [...] à qui dire ce que j'ai dans l'âme ? J'étais muet, quand je t'ai connue. À présent, je ne le suis plus, mais je n'ai personne pour m'entendre, et je n'ai encore rien dit. Tout est là, j'étends les bras dans le vide, et rien ! en vérité, je jette sur les femmes de tristes regards ; j'ai encore un reste de vie à donner au plaisir, et un cœur tout entier à donner à l'amour. Peut-être y en a-t-il qui accepteraient ; mais moi, accepterais-je ?

Où me mène donc cette main invisible qui ne veut pas que je m'arrête ? Il faut que je parle ; oui, il faut que je cesse de pleurer tout seul et de me manger le cœur pour nourrir mon cœur. Il me faut un corps dans ces bras vides, il faut que j'aie une maîtresse, puisque je ne puis me faire moine. Tu me parles de santé, de ménagements, de confiance en l'avenir; tu me dis d'être tranquille; et c'est toi, toi qui viens de m'ouvrir les veines; tu me dis d'arrêter mon sang! Qu'ai-je fait de ma jeunesse? Qu'ai-je fait même de notre amour? Vraiment, j'ai pleuré une ou deux fois dans tes bras. Que sais-tu de moi, toi que j'ai possédée? C'est toi qui as parlé; c'est toi, dont la pitié céleste m'a couvert de larmes; c'est toi qui as laissé descendre sur ma tête le ciel de ton amour, et moi, je suis resté muet; il y avait en moi deux hommes, tu me l'as dit souvent, Octave et Cœlio. J'ai senti en te voyant que le premier mourait en moi, mais l'autre, qui naissait, n'a pu que pleurer ou crier comme un enfant. J'ai cessé avec toi d'être un libertin sans cœur; mais je n'ai commencé à être autre chose que pendant trois matinées à Venise, et tu dormais pendant ce temps-là.

Ne me dis pas de raisonner; plus je vois de choses crouler sous mes pieds, plus je sens une force cachée qui s'élève, s'élève, et se tend comme la corde d'un arc. Ne me dis pas qu'avec une maîtresse, je n'ai peut-être qu'un ou deux ans à vivre; eh bien, un ou deux ans! mais avec qui? où? Voilà pourquoi j'ai des envies de mettre aussi ma blouse de cotonnade bleue, de prendre une bouteille de rhum avec un peu d'opium autour de ma ceinture et d'aller m'étendre sur le dos sur la roche de Fontainebleau[1]. C'est le printemps qui ne veut pas; ce sont ces fleurs et toute

1. Allusion aux promenades dans la forêt de Fontainebleau au début du mois d'août 1833 et au rocher de Franchard où Musset avait voulu se suicider.

cette verdure qui m'appellent à la vie ; je les sens qui m'attirent, et où m'attirent-elles ? Ah ! il y a six mois, les chaleurs du printemps me faisaient le même effet que le vin de Champagne ; elles me conduisaient au sortir de la table à la première femme venue ; que je trouvasse là deux ou trois amis en train de chanter des couplets de cabaret, un cigare et un canapé, tout était dit, et si je pleurais une heure dans ma chambre en rentrant, j'attribuais cela à l'excitation, à l'ennui, que sais-je ? et je m'endormais. J'en étais encore là quand je t'ai connue. Mais aujourd'hui, si mes sens me conduisaient chez une fille, je ne sais ce que je ferais ; il me semble qu'au moment de la crise je l'étranglerais en hurlant. Je n'ose pas me risquer, franchement, même avec une fille ; mes nerfs sont si ébranlés, j'ai un peu peur de moi. Et une femme du monde ! partager avec un mari ! Voir sa maîtresse une heure par jour, et pas tous les jours ! Donner le quart, la moitié, ou les deux tiers de son cœur, selon qu'elle est plus ou moins capable de vous com-prendre, selon son éducation, son tempérament, ou son habileté à mentir ! pouah ! Et où trouver une *demoiselle*, qui ne soit ni dépravée ni bégueule, ni impudente ni niaise, et qui n'ait pas pour unique mobile de ses paroles, de ses bras, et de ses jambes, le mariage, un et indivisible ?

Et c'est à un homme qui fait du matin au soir de pareilles réflexions ou de pareils rêves, que tu adresses cette lettre du Tyrol ! cette lettre sublime, mon Georges *[sic]*, jamais tu n'as rien écrit d'aussi beau, d'aussi divin, jamais ton génie ne s'est mieux trouvé dans ton cœur. C'est à moi, c'est de moi que tu parles ainsi ! et j'en suis là ! et la femme qui a écrit ces pages-là, je l'ai tenue sur mon sein. Elle y a glissé comme une ombre céleste, et je me suis réveillé à son dernier baiser. Elle est ma sœur et mon amie, elle le sait, elle me le dit. Toutes les fibres de mon corps voudraient s'en détacher pour aller à elle et la saisir ; toutes les nobles sympathies, toutes les harmonies du monde nous ont poussés l'un vers l'autre, et il y a entre nous un abîme éternel.

Eh bien, puisque cela est réglé ainsi, que cette Providence si sage me sauve ou me perde à son gré. J'ai horreur de ma vie passée, mais je n'ai pas peur de ma vie à venir. Si, en m'ouvrant le cœur, le ciel n'a voulu que me préparer un nouveau moyen de souffrance, je subirai les conséquences de ma faiblesse et de ma vanité. Mais ce que j'ai dans l'âme ne mourra pas sans en être sorti. Dans ma jeunesse, lorsque j'étais encore pur et naïf, le vice me paraissait un monde admirable, immense, je m'y suis précipité avec bonheur dès que j'ai pu. C'est aujourd'hui la même chose ; quelque faible et misérable qu'ait dû te sembler mon amour, j'ai entrevu un nouveau monde, et cela suffit. Je lis *Werther* et *La Nouvelle Héloïse* [1] ; je dévore toutes ces folies sublimes dont je me suis tant moqué. J'irai peut-être trop loin dans ce sens-là, comme dans l'autre. Qu'est-ce que cela me fait ? J'irai toujours.

Ne t'offense pas de ma douleur, ange chéri. Si cette lettre te trouve dans un jour de bonheur et d'oubli,

---

1. *Les Souffrances du jeune Werther* (1774) de Goethe et *Julie ou la Nouvelle Héloïse* (1761) de Rousseau.

pardonne-moi, jette-la dans la lagune, que ton cœur n'en soit pas plus troublé que son flot tranquille ; mais qu'une larme y tombe avec elle, une de ces belles larmes que j'ai bues autrefois sur tes yeux noirs.

Tu recevras ton argent comme tu le demandes. Buloz donnera cinq cents francs. J'ai écrit à Boucoiran. Dis à Pagello que je voudrais lui écrire, mais je ne puis pas. Je l'aime sincèrement et de tout mon cœur. Mais je ne peux lui écrire, il sait à présent pourquoi.

Donne-moi ta nouvelle adresse — je t'écrirai après mon départ de l'endroit où je m'arrêterai, si je m'arrête. Adieu, âme de ma vie. — Quoi qu'il advienne de moi, n'oublie pas ton enfant.

Écris-moi toujours à Paris, on me fera passer tes lettres.

George Sand à Alfred de Musset

Venise, 12 mai 1834.

Non, mon enfant chéri, ces trois lettres ne sont pas le dernier serrement de main de l'amante qui te quitte, c'est l'embrassement du frère qui te reste. Ce sentiment-là est trop beau, trop pur, et trop doux, pour que j'éprouve jamais le besoin d'en finir avec lui. Es-tu sûr, toi mon petit, de n'être jamais forcé de le rompre ? Un nouvel amour ne te l'imposera-t-il pas comme une condition ? Que mon souvenir n'empoisonne aucune des jouissances de ta vie, mais ne laisse pas cès jouissances détruire et mépriser mon souvenir. Sois heureux, sois aimé. Comment ne le serais-tu pas ? Mais garde-moi dans un petit coin secret de ton cœur, et descends-y dans tes jours de tristesse pour y trouver une consolation, ou un encouragement. — Tu ne parles pas de ta santé. Cependant tu me dis que l'air du printemps et l'odeur des lilas entre dans ta chambre par bouffées et fait bondir ton cœur d'amour et de jeunesse. Cela est un signe de santé et de force, le plus doux certainement que la nature nous donne. Aime donc, mon Alfred, aime pour tout de bon. Aime une femme jeune, belle, et qui n'ait pas encore aimé, pas encore souffert. Ménage-la, et ne la fais pas souffrir. Le cœur d'une femme est une chose si délicate quand ce n'est pas un glaçon ou une pierre ! Je crois qu'il n'y a guère de milieu et il n'y en a pas non plus dans ta manière d'aimer et d'estimer. C'est en vain que tu cherches à te retrancher derrière la méfiance, ou que tu crois te mettre à l'abri par la légèreté de l'enfance. Ton âme est faite pour aimer ardemment, ou pour se dessécher tout à fait. Je ne peux pas croire qu'avec tant de sève et de jeunesse, tu puisses tomber dans l'auguste permanence, tu en sortirais à chaque instant, et tu reporterais malgré toi sur des objets indignes de toi la riche effusion de ton amour. Tu l'as dit cent fois, et tu as eu beau t'en dédire, rien n'a effacé cette sentence-là, il n'y a au monde que l'amour qui soit quelque chose. Peut-être est-ce une faculté divine qui se perd et qui se retrouve, qu'il faut

60

cultiver ou qu'il faut acheter par des souffrances cruelles, par des expériences douloureuses. Peut-être m'as-tu aimée avec peine, pour aimer une autre avec abandon. Peut-être celle qui viendra t'aimera-t-elle moins que moi, et peut-être sera-t-elle plus heureuse et plus aimée. Il y a de tels mystères dans ces choses, et Dieu nous pousse dans des voies si neuves et si imprévues ! Laisse-toi faire, ne lui résiste pas, il n'abandonne pas ses privilégiés. Il les prend par la main, et il les place au milieu des écueils où ils doivent apprendre à vivre, pour les faire asseoir ensuite au banquet où ils doivent se reposer. Moi mon enfant, voilà que mon âme se calme, et que l'espérance me vient. Mon imagination se meurt et ne s'attache plus qu'à des fictions littéraires. Elle abandonne son rôle dans la vie réelle, et ne m'entraîne plus au-delà de la prudence et du raisonnement. Mon cœur reste encore, et restera toujours sensible et irritable, prêt à saigner abondamment au moindre coup d'épingle. Cette sensibilité a bien encore quelque chose d'exagéré et de maladif qui ne guérira pas en un jour. Mais je vois aussi la main de Dieu qui s'incline vers moi et qui m'appelle vers une existence durable et calme. Tous les vrais biens, je les ai à ma disposition, je m'étais habituée à l'enthousiasme et il me manque quelquefois. Mais quand l'accès de spleen est passé, je m'applaudis d'avoir appris à aimer les yeux ouverts. Un grand point pour hâter ma guérison, c'est que je puis cacher mes vieux restes de souffrances. Je n'ai pas affaire à des yeux aussi pénétrants que les tiens et je puis faire ma figure d'oiseau malade sans qu'on s'en aperçoive. Si on me soupçonne un peu de tristesse, je me justifie avec une douleur de tête ou un cor au pied. On ne m'a pas vue insouciante et folle, on ne connaît pas tous les recoins de mon caractère. On n'en voit que la ligne principale, cela est bien, n'est-ce pas ? — Et puis ici, je ne suis pas Mme Sand. Ce brave Pierre n'a pas lu *Lélia*, et je crois bien qu'il n'y comprendrait goutte. Il n'est pas en méfiance contre ces aberrations de nos têtes de poètes. Il me traite comme une femme de vingt ans et il me couronne d'étoiles comme une âme vierge. Je ne dis rien pour détruire ou pour entretenir son erreur. Je me laisse régénérer par cette affection douce et honnête. Pour la première fois de ma vie, j'aime sans passion.

Tu n'es pas encore arrivé là, toi. Peut-être marcheras-tu en sens contraire, peut-être ton dernier amour sera-t-il le plus romanesque et le plus jeune. Mais ton cœur, mais ton bon cœur, ne le tue pas, je t'en prie. Qu'il se mette tout entier ou en partie dans toutes les amours de ta vie, mais qu'il y joue toujours son rôle noble, afin qu'un jour tu puisses regarder en arrière et dire comme moi, j'ai souffert souvent, je me suis trompé quelquefois mais j'ai aimé. C'est moi qui ai vécu et non pas un être factice créé par mon orgueil et mon ennui. J'ai essayé ce rôle dans les instants de solitude et de dégoût, mais c'était pour me consoler d'être seul, et quand j'étais deux, je m'abandonnais comme un enfant, je redevenais bête et bon comme l'amour veut qu'on soit.

Que tes lettres sont bonnes et tendres, mon cher Alfred ! la dernière est encore meilleure que les autres. Ne t'accuse de rien, n'aie pas de remords, si tu peux surmonter certaines répugnances, certaines tristesses. Ne hasarde rien qui te fasse souffrir ! Tu as bien assez souffert pour moi. Ne vois pas mon fils si cela te fait mal. Si tu le vois, dis-lui qu'il ne m'a pas écrit depuis plus de deux mois et que cela me fait beaucoup de peine. — Je suis triste de n'avoir pas ma fille, et à présent que j'ai fixé que je ne devais pas la voir avant le mois d'août, je pense à elle nuit et jour avec une impatience et une soif incroyables. Qu'est-ce que c'est que cet amour des mères ? C'est encore une chose mystérieuse pour moi. Sollici- tudes, inquiétudes cent fois plus vives que dans l'amour d'une amante et pourtant moins de joie et de transports dans la possession. Absence qui ne s'aperçoit guère dans les premiers jours et qui devient cruelle et ardente comme la fièvre à mesure qu'elle se prolonge.

Je t'envoie une lettre pour Boucoiran, que je te prie de lui faire passer tout de suite. Je lui dis d'al- ler te voir. Charge-le de celles de mes affaires et de mes commissions qui t'ennuieront ou que tu n'auras pas le temps de faire. Je t'envoie la liste de ces com- missions. Paye-toi avec l'argent que Buloz ou Sal- mon te remettront pour moi, et dis-moi au juste où en sont mes affaires, si je puis faire payer mon loyer, et surtout Sosthènes. Je crois que Buloz me doit encore mille cinq cents francs sans compter la lettre sur les Alpes que je t'ai envoyée, et que je te supplie de ne pas lui donner, si elle ne te plaît pas. — Je lui ai envoyé la fin d'*André*. Aie la bonté d'en corriger les épreuves, veux-tu, mon enfant ? Il y a deux choses à observer. D'abord que j'ai fait en plusieurs endroits de grosses bourdes, à propos de l'âge de majorité. Il faut que tu t'assures de l'âge où un homme peut se marier sans le consentement des parents, et que tu fasses accorder les trois ou quatre passages où j'en parle. Il me semble que dans certains endroits je lui donne vingt ans, et que six mots après, il s'en trouve avoir vingt-cinq. Ensuite il y a une grande portion de manuscrit, celle que tu as emportée je crois, où j'ai oublié de faire la division des chapitres. Arrange cela, et fais concorder les chiffres que j'ai laissés en blanc avec les précédents. Enfin corrige les mots bêtes, les redites, les fautes de français. Tu sais que c'est un grand service à rendre à un auteur absent que de le sauver de la bêtise des protes et de sa propre inadvertance. *Jacques* est en train et va au galop. Ce n'est l'histoire d'aucun de nous. Il m'est impossible de parler de moi dans un livre, dans la disposition d'esprit où je suis. — Pour toi, cher ange, fais ce que tu voudras, romans, sonnets, poèmes, parle de moi comme tu l'entendras, je me livre à toi les yeux bandés. Je te remercierai à genoux des vers que tu m'enverras, et de ceux que tu m'as envoyés. Tu sais que je les aime de passion, tes vers, et qu'ils m'ont appelée vers toi, malgré moi, d'un monde bien éloigné du tien. — Mon oiseau est mort, et j'ai pleuré, et Pagello s'est mis à rire, et je me suis mise en colère, et il s'est mis à pleurer, et je me suis mise à rire. Voilà-t-il pas une belle histoire ? J'attends qu'il m'arrive quelques sous pour acheter une certaine to[urterelle dont] je suis éprise. Je ne me porte pas très bien. L'air de Venise est éminemment coliqueux, et je vis dans des douleurs d'entrailles continuelles.

J'ai été très occupée d'arranger notre petite maison, de coudre des rideaux, de planter des clous, de couvrir des chaises. C'est Pagello qui a fait à peu près tous les frais du mobilier, moi j'ai donné la main-d'œuvre gratis, et son frère prétend pour sa part s'être acquitté en esprit et en bons mots. C'est un drôle de corps que ce Robert, et il a des façons de dire très comiques. L'autre jour il me priait de lui faire un rideau parce que le *popolo* s'attroupait sur le pont quand il passait sa chemise. — Au reste, je vis toujours sous la menace d'être assassinée par Mme Arpalice. Pagello s'est brouillé tout à fait avec elle. Giùlia prend la chose au sérieux et vit pour moi dans des inquiétudes comiques. Elle me supplie de quitter le pays pour quelque temps parce qu'elle croit de bonne foi à une *coltellata*.

Voici les petits objets que je te prie de m'envoyer. Douze paires de gants glacés — deux paires de souliers de satin noir et deux paires de maroquin noir, chez Michiels au coin de la rue du Helder et du boulevard. Tu lui diras de les faire un peu plus larges que ma mesure. J'ai les pieds enflés et le maroquin de Venise est dur comme du buffle — un quart de patchouli chez Leblanc rue Sainte-Anne, en face le numéro 30 — ne te fais pas attraper, cela vaut deux francs le quart, Marquis le vend six francs — le cahier de nos romances espagnoles que Boucoiran prendra chez Paultre[1] et te portera. — Quelques cahiers de beau papier à lettres, il est impossible d'en trouver ici. — Un paquet de journaux liés avec un

1. Émile Paultre, ami de Jules Sandeau.

cordon qui se trouve dans une de mes armoires de Boule, et que tu diras à Boucoiran de chercher. Ce sont les journaux qui ont parlé avantageusement d'*Indiana* et de *Valentine*. Pagello est en marché pour en vendre une traduction qu'il veut faire, et il espère en tirer le double, s'il peut présenter à l'éditeur des journaux favorables. — N'oublie pas de joindre aux livres que je t'ai demandés *La Marquise*, *Aldo le Rimeur* et *Métella*[1], parce qu'on demande une *operette* pour commencer la publication. Le romantique est fort à la mode ici. *Aldo* aurait je crois du succès. *La Marquise* aussi parce qu'on est curieux à Venise des histoires singulières, stupides et folles. Je serais bien aise de faire gagner quelque million (de centimes) à Pagello avec mes œuvres légères. Je crois qu'il pourrait traduire aussi *Marianne*, *Fantasio* ou *Andréa*. Je sais assez d'italien à présent pour l'aider à comprendre ta prose quoiqu'elle soit moins abordable que la mienne à un étranger. Il comprend très bien d'ailleurs le français imprimé et il écrit l'italien très remarquablement à ce qu'on dit. Je crois que tes petites comédies en prose feraient rage et cela m'amuserait de nous voir devenir célèbres à Venise. — Tu mettras toutes ces choses dans une caisse avec les livres. (Tout cela peut voyager ensemble sans inconvénient) et [je te prie] de mettre la caisse à la diligence à l'adresse de Pagello, *Farmacia Ancillo*, à Venise — cela suffit et Pagello se charge de tout. — Adieu, mon joli petit ange, écris-moi, écris-moi tou-

---

1. *La Marquise* et *Métella*, deux nouvelles de Sand réunies en volume en 1834. *Aldo le Rimeur*, bref roman publié en 1833.

jours de ces bonnes lettres qui ferment toutes les plaies que nous nous sommes faites et qui changent en joies présentes nos douleurs passées. Je t'embrasse [...] pour moi et pour le docteur.

Écris-moi à la *farmacia Ancillo*, c'est le plus prompt moyen d'avoir tes lettres dès le matin.

Tu as [...] sent-il aussi mauvais que par le passé ? As-tu entrevu le gigantesque col de chemise ? Quelquefois je me mets à rire toute seule au souvenir de nos bêtises, et puis il se trouve que cela me fait pleurer. Oh nous nous reverrons, n'est-ce pas ?

George Sand à Alfred de Musset

Venise, 24 mai 1834.

Mon enfant chéri, je me soucie assez peu des propos que l'on tient sur mon compte. Que Mérimée dise quelque cochonnerie pour se divertir à sa manière, cela m'est fort égal ; que Mme Dorval [1] n'ait pas pour moi toute l'amitié et le zèle que j'ai pour elle, cela m'étonne médiocrement. Mais que Planche dise ou donne à entendre que je t'accuse, que je te calomnie et qu'il s'autorise d'une lettre de moi, où précisément je te justifie, voilà ce qui me révolte au point que je ne veux pas le croire. Avant qu'un pro-

1. Marie Dorval, célèbre interprète du théâtre romantique, avec laquelle Sand avait été brièvement liée.

pos arrive de la bouche de l'un à l'oreille de l'autre, il y a des intermédiaires, ou malveillants ou stupides, qui le dénaturent. Aussi, quand il s'agit de moi, je hausse les épaules et j'attends de meilleures preuves. Je sais que pour ton propre compte tu fais de même ; mais je ne puis t'entendre calomnier, sans m'agiter un peu plus. Ce qui m'indigne, c'est qu'on m'impute une phrase, une ligne, un mot contre toi. Je veux que Boucoiran te montre la lettre en question, la seule que je lui ai dit de montrer à Planche, la seule qu'il ait montrée certainement. J'ai autant de confiance en la discrétion de Boucoiran que dans celle d'un bloc de marbre. D'ailleurs je ne me souviens pas de lui avoir parlé [...] Je l'ai fait pour prévenir précisément les propos qui en résultent. Il faut ou que Planche soit un misérable, ou que l'on ait misérablement menti en lui attribuant ces propos. Je ne peux pas croire la première hypothèse, j'ai eu de l'amitié pour lui, et de l'estime ; quoi qu'on m'ait dit pour m'en empêcher. Il se conduisait bien avec moi, et devant moi, tu connais mon caractère. Crédule, absurde ou loyal, peu importe, mon cœur se refuse à repousser ceux qu'il a accueillis, sans des preuves flagrantes. Ces preuves je ne les ai pas, et je suis vis-à-vis de Planche dans la situation la plus pénible du monde, entre le soupçon et la confiance. Je voudrais qu'il se justifiât, je voudrais pouvoir lui donner une poignée de main à mon retour à Paris. Non plus certainement le recevoir tous les jours, ni sortir avec lui, comme autrefois. J'ai bien des raisons pour m'en abstenir, quand ce ne serait que celle de ne pas t'ex-

poser à rencontrer une figure qui te déplaît (car j'espère que nous nous verrons tous les jours, nous deux, comme dans le temps où nous étions camarades). Mais en vérité il me ferait plaisir de voir ce pauvre diable justifié des vilaines choses qu'on lui attribue contre moi. Je l'ai éloigné de mon intimité d'une manière qui m'eût fait de tout autre un ennemi dangereux. Vois comme Mérimée me traite ! Certainement Planche aurait eu plus beau jeu pour débiter quelque infâme mensonge. Je savais qu'il était incapable de cela et je lui ai dit en le quittant : « Un jour viendra, j'espère, où les circonstances qui nous séparent ne seront plus aussi impérieuses et où je pourrai vous voir. Je le désire et je reste votre amie. »
— Il me semble que je dois tenir ma parole si Planche n'a pas démérité auprès de moi. Voilà ce qu'il m'importe d'approfondir et ce que je saurai à coup sûr par Boucoiran, qui est plus fin qu'on ne pense, avant mon retour à Paris. S'il est certain qu'il a parlé insolemment de moi, et bassement de toi, sois sûr que je ne le reverrai de ma vie et qu'il saura pourquoi. Je t'envoie une lettre pour lui que je te prie de mettre à la poste quand tu l'auras lue. Tu verras que je lui parle de toi en termes positifs. S'il trahit mes intentions et mes paroles, ou s'il l'a déjà fait, je jure que c'est le dernier témoignage d'amitié qu'il recevra de moi [...] vaste que le monde ? Et Dieu lui-même, ce que tu appelles ma chimère, ce que j'appelle mon éternité, n'est-ce pas un amour que j'ai étreint dans tes bras avec plus de force que dans un aucun autre moment de ma vie ? J'ai là, près de moi,

mon ami, mon soutien, il ne souffre pas, lui ; il n'est pas faible, il n'est pas soupçonneux, il n'a pas connu les amertumes qui t'ont rongé le cœur, il n'a pas besoin de ma force, il a son calme et sa vertu, il m'aime en paix, il est heureux, sans que je souffre, sans que je travaille à son bonheur. Eh bien moi, j'ai besoin de souffrir pour quelqu'un, j'ai besoin d'employer ce trop d'énergie et de sensibilité qui sont en moi. J'ai besoin de nourrir cette maternelle sollicitude qui s'est habituée à veiller sur un être souffrant et fatigué. Oh, pourquoi ne pouvais-je vivre entre vous deux, et vous rendre heureux sans appartenir ni à l'un ni à l'autre ! J'aurais bien vécu dix ans ainsi, il est bien vrai que j'avais besoin d'un père, pourquoi n'ai-je pu conserver mon enfant près de moi ? Hélas que les choses de ce monde sont vaines et menteuses et combien le cœur de l'homme changerait s'il entendait la voix de Dieu ! Moi je l'écoute et il me semble que je l'entends. Et pendant ce temps les hommes me crient, horreur, folie, scandale, mensonge ! Quoi donc ? Qu'est-ce ? Et pourquoi ces malédictions ? De quoi encore serai-je accusée ? — Je me souviens du temps où j'étais au couvent [1]. La rue S[ain]t-Marceau passait derrière notre chapelle. Quand les forts de la halle et les maraîchères élevaient la voix, on entendait leurs blasphèmes jusqu'au fond du sanctuaire. Mais ce n'était pour moi qu'un son qui frappait les murs. Il me tirait quelquefois de ma prière dans le silence du soir. J'entendais le bruit, je ne comprenais

---

1. George Sand avait passé deux ans au couvent des Augustines anglaises à Paris.

pas le sens des jurements grossiers. Je reprenais ma prière sans que mon oreille ni mon cœur se fussent souillés à les entendre. Depuis j'ai vécu retirée dans l'amour comme dans un sanctuaire et quelquefois les sales injures du dehors m'ont fait lever la tête, mais elles n'ont pas interrompu l'hymne que j'adressais au ciel, et je me suis dit, comme au couvent : « Ce sont des charretiers qui passent. »

Il est trop tard pour que j'aille à Constantinople. Les chaleurs sont venues avant mon argent. J'irai dans une autre saison avec Pagello qui fonde avec raison peut-être des espérances de fortune sur ce voyage. Un bateau à vapeur s'organise pour porter les passagers de Venise et de Trieste, dans toutes les îles de l'archipel. Sois donc tranquille pour le moment, je suis à Venise, et je me soigne, car je ne me porte pas absolument bien. Je suis toujours souffreteuse comme tu sais, mais toi, comment es-tu ? J'espère que tu ne voyageras pas seul, et que tu emmèneras Antonio. L'as-tu encore seulement ? Es-tu content de lui ? Le butor ne sait guère ce qu'il était pour moi en quittant Venise, ce perruquier qui me remplaçait ! Hélas ! Hélas ! C'est peut-être le sanglot le plus profond et le plus amer de ma vie que le bruit de cette vague qui m'a détachée de la rive de Fusine !

Oui, nous nous reverrons au mois d'août, quoi qu'il arrive, n'est-ce pas ? Tu seras peut-être engagé alors dans un nouvel amour. Je le désire et je le crains, mon enfant, je ne sais ce qui se passe en moi quand je prévois cela. Si je pouvais lui donner une poignée de main, à celle-là ! et lui dire comment il faut te soigner et t'aimer ! mais elle sera jalouse, elle te dira : ne me parlez jamais de Mme Sand, c'est une femme infâme. Ah du moins, moi je peux parler de toi à toute heure sans jamais voir un front rembruni, sans jamais entendre une parole amère. Ton souvenir est une relique sacrée, ton nom est une parole solennelle que je prononce le soir dans le silence des lagunes et auquel répond une voix émue, et une douce parole simple et laconique, mais qui me semble si belle alors ! — *io l'amo !* — peu importe mon enfant, aime, sois aimé, sois heureux et que mon souvenir n'empoisonne aucune de tes joies. Sacrifie-le s'il le faut ! — Dieu m'est témoin pourtant que je mépriserais celui qui me prierait non pas seulement de te maudire, mais de t'oublier.

Adieu, mon petit ange, si tu rejoins Dieu avant moi, garde-moi une petite place là-haut près de toi. Si c'est moi qui pars la première, sois sûr que je la garderai bonne. — Pagello me charge de te dire qu'il ne t'écrit pas dans la crainte de te faire de la peine, mais qu'il t'embrasse de toute son âme. Moi mon enfant, je te presse sur mon cœur et je te bénis.

Je suis en train de t'écrire une autre lettre[1] dans la revue. Dis-moi à qui il faut l'adresser. Je voudrais que tu la lusses en manuscrit avant les autres. Mais si tu es en Suisse, tous ces voyages compromettront beaucoup son existence. Si tu vas à Aixe *[sic]*, écris-moi de là, et je te l'enverrai là, tu l'enverras ensuite à Buloz. — Envoie-moi avec les objets que je t'ai

1. La deuxième des *Lettres d'un voyageur* qui paraîtra dans la *Revue des Deux Mondes* du 15 juillet.

demandés, des papiers à cigare, mes symphonies de Beethoven, la valse sentimentale de Weber et la *Juliette* de Vaccaï. Tu pourrais porter avec toi cette caisse et me l'envoyer de Lyon ou de Genève. Elle me coûterait moitié moins de port. — As-tu toujours nos petits oiseaux ?

George Sand à Alfred de Musset

Venise, 30 mai 1834.

Mon enfant, je suis horriblement triste et inquiète. Je ne sais ce qu'a Boucoiran, il y a deux mois qu'il ne m'a écrit. Depuis ce temps je suis sans aucune nouvelle de mon fils. Mon inquiétude et mon chagrin augmentent tous les jours. Je n'ai pas voulu te demander une chose qui te causait de la répugnance, mais vraiment tu m'aurais fait le plus grand plaisir du monde en allant le voir et en me disant qu'il se porte bien. J'imagine à présent qu'il est mort et je suis comme folle toutes les nuits. À cela se joint la contrariété d'être absolument sans argent et de manquer des choses les plus nécessaires. Le tout par la négligence et l'apathie incroyables de Boucoiran. Il y a plus de huit jours que j'ai reçu une lettre de Buloz qui m'annonce qu'il a *remis* cinq cents francs à Boucoiran, donc Boucoiran n'est pas malade. Il est amoureux certainement, parce que d'ordinaire il est d'une exactitude extrême. Mais quand l'amour le tient, il est impossible d'en obtenir le moindre souvenir. Je le connais de longue date et je sais ce que j'ai souffert d'inquiétudes affreuses pour mon fils, quand Monsieur roucoulait tranquillement. Pagello a mis toutes ses pauvres *roba* [1] au mont-de-piété. Je dois deux cents francs à Rebizzo et je ne veux rien emprunter de plus. La semaine prochaine il faudra que je fasse des économies sur mon estomac, car il m'est odieux de recevoir tout de la main d'autrui. Tout cela me serait à peu près égal, s'il n'y avait pas moyen de l'éviter. Mais quand j'ai travaillé, quand j'ai gagné et touché mon salaire, et que par la négligence d'un ami, je suis forcée de l'attendre indéfiniment et de demander l'aumône, cela me met un peu en colère. Je vais retirer toutes mes affaires des mains de Boucoiran, parce que je vois bien que ce retard d'argent n'est pas un simple accident, mais l'effet d'un oubli décidé. Sans cela je ne serais pas depuis deux mois dans l'ignorance absolue de ce qui concerne mon fils. J'ai écrit à Papet [2]. Mais il est peut-être au pays. Paultre n'est pas d'un caractère exact et je ne suis pas assez liée avec Sainte-Beuve pour le prier de s'ennuyer de moi à ce point-là. Mon frère est parfaitement indifférent à tout ce qui me concerne. Mon mari voudrait bien me savoir crevée. Toi tu vas quitter Paris, il va falloir que je retombe nécessairement dans les mains de Planche, sinon de près du moins de loin, ce qui sera encore pis, car les cancans recommenceront sur notre prétendue pas-

---

1. *Affaires.*
2. Gustave Papet, médecin, ami d'enfance de George Sand.

sion. Je suis dans un chagrin et dans une irritation que je ne puis te dépeindre, mais que tu comprendras toi qui as une mère et qui sais ce qu'elle a eu à souffrir dans sa vie.

Adieu mon enfant, brûle ce billet de mauvaise humeur et pardonne-moi de te parler de mes ennuis, mais pour l'amour de Dieu, va voir mon fils, dis-moi comment il est, s'il se souvient de mon nom, s'il a figure humaine. Je rêve toutes les nuits qu'on m'apporte son squelette ou sa peau toute sanglante. Quelle vie ! J'ai bien envie d'en finir, bien envie, bien envie ! Tu es bon et tu m'aimes. Pietro aussi, mais rien ne peut empêcher qu'on soit malheureux. Occupe-toi aussi de cet argent, que je paie au moins mes dettes — ce sera un chagrin de moins.

— Peut-être la lettre de Boucoiran s'est-elle perdue à la poste ; il faudrait alors qu'il fît faire vite vite une autre *cambiale* [1] au banquier sur Papadopoli. Il y a un temps infini que je lui demande si l'on est content de mon fils au collège, s'il a vu ses notes, pas de réponse. Aie la bonté de savoir cela au moins par Sainte-Beuve, qui voit souvent M. Gaillard [2].

1. *Lettre de change.*
2. Ami de Sainte-Beuve, proviseur au lycée Henri-IV où Maurice était pensionnaire.

Alfred de Musset à George Sand

Je suis fâché, mon amie, de t'avoir parlé de choses que ni toi ni moi ne devrions savoir. Buloz m'en avait si bien rebattu les oreilles, que cela est venu je ne sais comment sous ma plume. Mais je suis plus bas que je ne croyais dans son estime puisque tu écris à cet homme pour lui dire de me ménager. — J'ai brûlé ta lettre, n'en parlons plus. Si j'ai jamais une explication avec lui, elle sera plus sérieuse. Quant à ce que tu as écrit à Boucoiran dans l'intention qu'on le lui montrât, qu'il y soit parlé de moi ou non, tu conçois que je n'ai ni le droit ni le désir de le connaître. Je ne suis plus ton amant.

Je ne suis pas encore parti, faute d'argent. Jamais je n'ai été dans une disposition si singulière — heureux ou malheureux, je n'en sais rien — peut-être vais-je m'enfermer dans un trou — peut-être les élégies dont mon cœur est plein vont se changer en hymne — il me semble que la nature entière l'entonnerait avec moi — ma vie est dans la gueule d'un canon, et moi, la mèche haute, j'hésite à mettre le feu. Je vais et viens, j'avance et je recule ; un instinct singulier me pousse et m'attire ; je ne sais si c'est de peur, ou de plaisir que je frissonne — je vais aimer.

Il ne me sera peut-être pas très difficile de trouver ce que je cherche, car je n'ai jamais moins tenu à la beauté dans une femme. Malgré ma santé qui n'a jamais été meilleure (je suis gros comme un moine),

il me semble que je n'ai plus de sens, dans l'accep-
tion grossière du mot. Je ne tiens qu'à rencontrer
une intelligence élevée, et un cœur vierge. Tu me dis
que tu commences à t'habituer de vivre sans l'enthousiasme. Moi, mon amie chérie, je vais commencer à le connaître — deux êtres qui s'aiment bien
sur terre font *un* ange dans le ciel. — Voilà ce que
j'ai trouvé l'autre jour dans un ouvrage nouveau.
Connais-tu une parole plus belle et plus sublime que
celle-là ?

Peut-être le monde ne saura-t-il jamais le change-
ment qui s'est opéré en moi — tant que je pourrai,
je conserverai cette écorce molle et inerte qui m'est
devenue une seconde peau. Je ne sais quel plaisir
étrange j'ai toujours trouvé à sentir que je pouvais
vouloir, et que je ne voulais. L'autre soir une femme
que j'estime beaucoup sous le rapport de l'intelligence, dans un entretien de bonne amitié que j'avais
avec elle, commençait à se livrer. Je m'approchais
d'elle franchement et de bonne foi, lorsqu'elle a posé
sa main sur la mienne, en me disant : Soyez sûr
que le jour où vous êtes né, il est né une femme pour
vous. — J'ai reculé malgré moi — cela est possible,
me suis-je dit, mais alors je vais chercher ailleurs,
car assurément ce n'est pas vous.

Je me fais une fête de te revoir, mon bon enfant,
si ton retour n'est pas un rêve ; avec quel plaisir je
reviendrai m'asseoir quelquefois dans cette petite
chambre sur tes coussins à terre, et te raconter au
milieu des nuages, de nos cigarettes, la nouvelle face
de mon être qui décidément a pris le dessus ! Que je
t'aime, Georgeot ! quel bonheur que cette amitié

douce et élevée qui est restée entre nous deux comme le parfum de nos amours ! Ne crains pas que tes lettres me fassent du mal ! j'aime mieux le mal qu'elles me font, que le bien que me font les autres. Hélas, ma chère, si je t'ai jamais fait souffrir ce que je souffre, pardonne-moi ; je ne savais pas ce que c'était.

Il n'en faut pas douter, George, il y a des *révélations*. Saint Augustin est à mes yeux l'homme le plus vrai qui ait existé. « J'ai nié et je crois », voilà tout le mystère ; la foi en quelque chose, un but — un triangle lumineux placé à la voûte de ce temple qu'on appelle le monde — marcher librement dans le temple, et avoir à son côté un être capable de comprendre pourquoi une pensée, un livre, un mot, une fleur, font que vous vous arrêtez et que vous relevez la tête vers le triangle céleste. Exercer les nobles facultés de l'homme est un grand bien, voilà pourquoi la poésie est une belle chose. Mais doubler ses facultés, avoir deux ailes pour monter au ciel, presser un cœur et une intelligence sur son intelligence et sur son cœur, c'est le bonheur suprême. Dieu n'en a pas fait plus pour l'homme ; voilà pourquoi l'amour est plus beau que la poésie.

Voilà pourquoi aussi je tiens tant à l'intelligence dans la femme que j'aimerai ; quant à son cœur, qu'il soit vierge, et que, si je pleure dans son lit, ce ne soit pas de douleur de sentir mon cœur venir à mes lèvres et de ne pouvoir parler. Ô mon Georgeot, que Dieu me protège ! Je m'agenouille quelquefois en criant : que Dieu me protège ! je vais me livrer. Cela est beau, n'est-ce pas, et effrayant en même temps, d'aller et de venir avec cette pensée-là : je vais me perdre ou me sauver ? Prie pour moi, mon enfant, quoi qu'il doive m'arriver, plains-moi, je t'ai connue un an trop tôt. J'ai cru longtemps à mon bonheur, à une espèce d'étoile qui me suivait. Il en est tombé une étincelle de la foudre sur ma tête, de cet astre tremblant. Je suis lavé par ce feu céleste, qui a failli me consumer. Si tu vas chez Danieli, regarde dans ce lit où j'ai souffert ; il doit y avoir un cadavre, car celui qui s'en est levé n'est pas celui qui s'y était couché.

Comme il s'ouvre, amie bien-aimée, ce cœur qui s'était desséché ! comme chaque mot, chaque chose, chaque homme que je rencontre fait se détendre une fibre ! comme tous les objets que je retrouve ici m'envoient à l'âme un rayon nouveau ! et comme tous ces rayons se pressent, se condensent, jusqu'à ce qu'ils aient trouvé une issue pour s'élancer de leur centre, et retourner teints du sang de mes veines dans la nature ! Je vais aux boulevards, au bois, à l'Opéra, sur le quai, aux Champs-Élysées ; cela est doux et étrange, n'est-ce pas, de se promener tout jeune dans une vieille vie ? Tattet [1] est de retour ; le brave garçon trouve que *je lui apparais sous un nouvel aspect*, voilà son mot. Du reste, je bois autant de vin de Champagne que devant, ce qui le rassure.

Tu reviendras, n'est-ce pas ? je retrouverai mon bon et loyal camarade, avec son grand cœur et ses grands yeux ? ô mon petit ange que tu es joli ! que tu m'es cher, toi, mon seul ami ! Avec quel plaisir je

1. Alfred Tattet, ami de Musset. De passage à Venise en mars 1834, il avait tenté de réconcilier les amants.

sens en t'écrivant que mon cœur s'épanche avec confiance, avec amour, que je puis pleurer dans tes bras, oh, Dieu merci ! j'ai un ami ; on ne me le volera pas, il prie pour moi, et moi pour lui.

Si je ne t'avais pas connue et perdue, George, je n'aurais jamais compris ce que je devais être, et pourquoi ma mère a eu un fils. Quand nous étions ensemble, je laissais ma stupide jeunesse tomber lentement en poussière, mais je ne me rendais compte de rien de ce qui se passait en moi. Je me disais que cela valait mieux que le passé, je remettais au lendemain, je croyais qu'il serait toujours temps, je réfléchissais et je doutais. De plus, je suis d'une nature faible et oisive, la tranquillité de nos jours de plaisirs me berçait doucement. Pendant ce temps-là, Azraël[1] a passé, et j'ai vu luire entre nous deux l'éclair de l'épée flamboyante. Chose étrange, je n'ai compris qu'il fallait faire usage de mes forces que lorsque j'ai senti qu'elles pouvaient manquer. J'avais une telle confiance, une si misérable vanité ! j'étais habitué depuis si longtemps à porter autour de moi tant de voiles bizarres, à en ôter une partie avec l'un, une partie avec l'autre ! Je n'ai compris que je pouvais aimer, que lorsque j'ai vu que je pouvais mourir. [...] c'est la [...] de l'amour [...] à vivre ; c'est une plante qu'il ne faut pas arroser, même avec les plus petites larmes, hélas ! tu avais le cœur bien épris lorsque j'étais à Venise, et cependant si tu avais su à quelle vie tu m'envoyais, tu aurais hésité ; [...] Adieu, ma bien-aimée. Dis à Pagello que je l'embrasse, et qu'il a tort de ne

1. L'ange de la mort dans les traditions biblique et coranique.

pas m'écrire, cela me ferait plus de plaisir que je ne puis dire. Je ferai tes commissions, mais il me semble qu'il est impossible qu'on laisse passer à la douane des gants français, des livres, et surtout *des journaux*. Je connais quelqu'un à qui on a pris un vieux *Figaro* dans lequel il avait enveloppé une brosse. Adieu, adieu.

J'ai encore nos petits oiseaux. Antonio me quittera quand je serai à Aix ; le pauvre garçon a le mal du pays pour sa chère Venise ; hélas ! j'en connais un qui l'a aussi, et cependant sans y être né.

Malgré tout ce que tu m'as dit sur les belles promesses que je t'ai faites durant ma fièvre, j'espère au mois de septembre pouvoir te donner de l'argent. En tout cas, au mois d'août, que Buloz t'en doive ou non, il t'en donnera pour revenir. Il me l'a dit (je crois qu'il est amoureux de toi). — Je m'occupe du reste de tes affaires ; mais je ne sais trop pourquoi Boucoiran ne vient pas me voir.

Alfred de Musset à George Sand

Paris, mardi 10 juin 1834.

Maurice se porte bien ; je viens de le voir à l'instant, et il doit sortir avec moi dimanche. J'ai été de là chez André Cotier, savoir à quelle époque Boucoiran lui a remis pour toi l'argent qu'il devait te faire passer. Je ne pourrai le voir que demain, attendu que ces messieurs-là ne se dérangent que fort majestueusement, surtout lorsqu'il s'agit de pauvres gens comme nous autres. Si demain, j'apprends que l'argent ne lui a été remis que tard, c'est une négligence bien maladroite de la part de Boucoiran, mais enfin ce n'est qu'une négligence, et je pourrai penser qu'à l'heure qu'il est tu dois avoir reçu ton argent. Si au contraire on me dit que l'argent a été remis à l'époque où il a dû l'être, il sera clair que la lettre qui contient le mandat se sera égarée, et je t'en enverrai un autre le jour même.

Maurice m'a dit qu'il avait donné à M. Papet une lettre pour toi, il y a environ quinze jours ; je suppose que M. Papet l'aura mise à la poste. Du reste, il y avait longtemps qu'il n'avait vu Boucoiran. Il était sorti chez sa grand-mère à son dernier jour de congé.

Je te remercie, ma chère, d'avoir pensé à moi dans toutes tes inquiétudes. J'ai l'espoir que lorsque cette lettre te parviendra, tu seras déjà rassurée d'autre part sur tous ces sujets de tristesse ; cependant je ne veux pas même attendre à demain pour te parler de Maurice, je comprends que cela doit passer avant tout. Que je suis fâché, mon enfant, que tu ne m'aies pas dit franchement ton désir à cet égard ! Tu m'écrivais d'être tranquille sur ton compte, *de ne pas chercher à vaincre certaines tristesses, certaines répugnances* ; je me figurais absolument que mes visites au collège ne pouvaient être que des hors-d'œuvre et que tu savais toujours par Boucoiran des nouvelles de ton fils. Pourquoi ne m'as-tu pas parlé franchement ? Voilà maintenant une lettre qui va mettre dix jours à te parvenir, et moi, comme un sot bavard que je suis, je t'en ai écrit une ces jours-ci, dans laquelle tu chercheras à coup sûr autre chose que mes stupides rêveries, et où tu ne trouveras pas une ligne qui ne mérite d'être jetée au feu. Pauvre Georgeot ! quelle peine m'a faite ta lettre ! des économies sur ton estomac ! quelle horreur ! Mon enfant, je t'en supplie, combats un peu ta fierté, emprunte à Rebizzo, n'es-tu pas sûre que tu auras, quoi qu'il arrive, de quoi payer quand tu voudras ? Ne sais-tu pas que, quand Buloz refuserait de te donner un sou, je n'ai qu'à *vouloir* pour que ma mère me donne la somme que je voudrai, *mille francs ou deux mille* ? La pauvre femme me proposait de m'envoyer *telle somme qu'il me faudrait* dans cette lettre que tu m'as renvoyée de Venise.

Écris-moi, ma chère, si tu t'es déjà adressée à Planche, comme tu me dis en avoir l'intention. Quelque mépris que j'aie pou[r] l[ui] il a pendant mon absence dit des choses trop viles et trop [...] me soit p[...] parlez Buloz, tu trouveras que j'ai raison. Si tu n'as pas encore écrit, dis-le-moi, je resterai à Paris. En tout cas, songe que dans quelque circonstance que tu te trouves, ma vie t'appartient, ma chère, et que c'est me rendre service que de m'en demander un pour toi. Buloz crie comme un aigle, mais il paiera ce que tu veux.

George Sand à Alfred de Musset

Venise, 15 juin 1834.

Mon enfant, je suis fâchée que tu aies si mal compris la lettre que j'écrivais à Planche. Je ne le priais pas de te ménager, ce me semble. Je lui ordonnais de respecter mes paroles et de ne pas s'en servir au rebours de la vérité et de mes intentions. J'aurai de vive voix avec lui une explication plus dure que ma lettre, non pour te défendre auprès de lui, mais pour me plaindre d'un tort très grave de lui envers moi, et s'il ne s'en lave pas bien, je ne le lui pardonnerai jamais. — N'en parlons plus, c'est un fait qui m'est personnel et dont j'aurai raison. — J'ai fixé mon départ d'ici, au 25 août. Aide-moi à tirer de Buloz mille francs le 15 au plus tard. Je tiens extrêmement à être à Paris le 16 7bre, pour voir concourir mon fils, et je voudrais arriver quelques jours auparavant pour me reposer. Je me recommande donc à toi si tu es à Paris à cette époque, mon enfant. Si tu n'y es pas, recommande cette affaire avant de partir à Tattet. Tu sais comme ce mulet de Buloz a besoin d'être talonné. Boucoiran est mort à ce que je présume. Papet quitte Paris le 30 juin et Planche n'étant nullement justifié auprès de moi du tort que je lui impute, j'aimerais mieux crever de faim que de lui demander un service dans les circonstances actuelles. Je te demande pardon, mon cher enfant, de t'ennuyer de ces détails. Je suis un peu dans la position de ceux qui hésitent entre voler et mendier grâce à l'inconcevable incurie de mes amis qui m'ont laissée depuis le 1er avril sans autre secours que cinq cents francs — et j'ai depuis ce temps énormément travaillé, et j'ai de l'argent à Paris plus qu'il ne m'en faut pour payer les plus pressées de mes dettes et pour bien vivre ici. Hâte-toi donc, et fais à M. Boucoiran à qui j'avais remis le soin de tout cela une semonce un peu verte de ma part. Cet excès de misère empoisonne beaucoup ma vie et me force à de continuelles privations ou à des mortifications d'orgueil auxquelles je ne saurais m'habituer. Pagello est un ange pour moi, mais il est aussi pauvre que moi et devoir à Rebizzo ne me plaît guère. Tu n'as pas d'idée de l'économie avec laquelle je vis et de l'assiduité avec laquelle je travaille, cela devient fantastique, mais j'aimerais mieux une existence un peu moins sublime. — Pour ne plus revenir sur ces bavardages, et pendant que j'y pense : ne m'envoie pas la caisse que je t'ai demandée, elle m'arriverait au moment de mon départ pour Paris.

Que Dieu te conserve, mon ami, dans la disposition où sont ton cœur et ton esprit. L'amour est un temple que bâtit celui qui aime à un objet plus ou moins digne de son culte, et ce qu'il y a de plus beau dans cela, ce n'est pas tant le Dieu que l'autel. Pourquoi craindrais-tu de te risquer ? Que l'idole reste debout longtemps ou qu'elle se brise bientôt, tu n'en auras pas moins bâti un beau temple. Ton âme l'aura habité, elle l'aura rempli d'un encens divin, et une âme comme la tienne doit produire de grandes œuvres. Le Dieu changera peut-être, le temple durera autant que toi. Ce sera un lieu de refuge sublime où tu iras retremper ton cœur à la flamme éternelle, et ce cœur sera assez riche, assez puissant pour renouveler la divinité, si la divinité déserte son piédestal. Crois-tu donc qu'un amour ou deux suffisent pour épuiser et flétrir une âme forte ? Je l'ai cru aussi pendant longtemps mais je sais à présent que c'est tout le contraire. C'est un feu qui tend toujours à monter et à s'épuiser. Peut-être que plus on a cherché en vain, plus on devient habile à trouver ; plus on a été forcé de changer, plus on devient propre à conserver. Qui sait ! C'est peut-être l'œuvre terrible, magnifique et courageuse de toute une vie. C'est une couronne d'épines qui fleurit et se couvre de roses quand les cheveux commencent à blanchir. Peut-être que Dieu mesure nos douleurs et nos travaux aux forces de notre jeunesse et qu'il est un temps marqué pour se reposer et pour jouir des fatigues du passé. Quelle est la plus belle de ces deux époques de la vie morale, les larmes de l'esprit, ou les hymnes du bonheur ? Peut-être est-ce la première. J'entre dans la seconde, et il me semble faire encore un rêve. Mais la première est celle que Dieu chérit et protège parce que ceux qui la parcourent ont besoin de lui, c'est celle qu'il féconde des plus vives émotions et de la plus ardente poésie. N'en aie donc pas peur. C'est un sentier dans la montagne ; dangereux et pénible, mais qui mène à des hauteurs sublimes et qui domine toujours le monde plat et monotone où végètent les hommes sans énergie. Tu n'es pas de ceux qu'une fatigue vaine doit décourager ni qu'une chute peut briser. Tu n'es pas destiné à ramper sur la boue de la réalité. Tu es fait pour créer ta réalité toi-même dans un monde plus élevé, et pour trouver tes joies dans le plus noble exercice des facultés de ton âme. Va, espère, et que ta vie soit un poème aussi beau que ceux qu'a rêvés ton intelligence. Un jour tu le reliras avec les saintes joies de l'orgueil. Tu verras peut-être derrière toi bien des débris. Mais tu seras debout et sans tache au milieu des trahisons, des bassesses et des turpitudes d'autrui. Celui qui s'est toujours livré loyalement et généreusement peut avoir à souffrir, mais à rougir jamais, et peut-être que la récompense est là tout entière. Jésus disait à Madeleine : Il te sera beaucoup remis, parce que tu as beaucoup aimé.

Vois combien tu te trompais quand tu te croyais usé par les plaisirs et abruti par l'expérience ! Vois que ton corps s'est renouvelé et que ton âme sort de sa chrysalide. Si dans son engourdissement elle a produit de si beaux poèmes, quels sentiments, quelles idées en sortiront maintenant qu'elle a déployé ses ailes ? Aime et écris, c'est ta vocation mon ami. Monte vers Dieu sur les rayons de ton génie, et envoie ta muse sur la terre raconter aux hommes les mystères de l'amour et de la foi, et n'aie pas peur, dirige mieux ton orgueil. Ne l'étouffe pas, tu n'en as pas trop, et à voir quels buts puérils tu lui donnais, j'ai souvent cru que tu n'en avais pas assez. Mais il n'était qu'endormi ce juste orgueil qui te fait dire maintenant : Je vais me livrer, je vais me risquer. — Oui cela est beau et grand. Tous les sots ont l'orgueil de dire : Je ne risque pas, moi ! — Ils tiennent à leur repos, comme les inutiles à la vie. Un homme comme toi n'est complet que lorsqu'il s'est livré.

T'ai-je dit que j'avais fait mes adieux à l'enthousiasme ? Si je l'ai dit j'ai voulu parler de cet enthousiasme des premières années de la carrière, qui a besoin d'être si ardent pour en couvrir les difficultés. Cette force que j'avais pour fermer les yeux afin d'y conserver le rayon de mon soleil, alors même qu'il s'éteignait, je n'en ai plus besoin. Je contemple, les yeux toujours ouverts, une lumière toujours éclatante et pure. Tu m'as fait de grandes et belles prédictions, dans les élans de ta plus vive amitié, alors qu'elle était déjà assez forte pour faire taire les intérêts de l'amour. Tu m'as dit qu'il était temps pour moi de recueillir le fruit de toute une vie de fatigue et que le dernier amour d'une femme était le plus beau. Tes prédictions se réalisent, mon enfant, et j'oublie jusqu'au nom des souffrances que je croyais autrefois inévitablement liées à l'affection. Je souffre encore souvent et beaucoup, mais jamais par lui. N'ayant pas une petite pièce de monnaie pour m'acheter un bouquet, il se lève avant le jour et fait deux lieues à pied pour m'en cueillir un dans les jardins des faubourgs, cette petite chose est le résumé de toute sa conduite. Il me sert, il me porte, et il me remercie. Oh dis-moi que tu es heureux et je le serai.

Ce mot si beau des deux êtres qui s'aiment sur la terre et qui font un ange dans le ciel est de Latouche. Tu le trouveras imprimé dans *La Reine d'Espagne*, une comédie qui a été sifflée outrageusement, quoiqu'elle méritât tout le contraire. À cette phrase si belle et si sainte, un monsieur du parterre a crié : Oh! quelle cochonnerie! — et les sifflets n'ont pas permis à l'acteur d'aller plus loin. C'est comme cela que le public de France comprend. Ces bons Italiens sont tout le contraire. Ils applaudissent tout, ils pleurent, ils rient, ils trépignent, ils s'émeuvent, ils s'exaltent, le bon et le mauvais, tout leur va, pourvu qu'on touche leur fibre sensitive, peu importe que ce soit avec un sceptre ou avec un balai. M. Dumas leur plairait excessivement, et pourtant ils pleurent très à propos à un mot simple et touchant de Kotzebue[1]. Hier, je voyais jouer une détestable traduction du *Caviale et le Pasticcio*. — Au milieu des éternelles déclamations morales et philosophiques, il y eut un mot de rien qui fut très goûté et avec raison, par le plus grossier public du monde. Un vieux capitaine, jovial, bon et beau parleur, tend la main à un jeune aveugle, en lui disant : « Et toi mon pauvre Cupidon ? » — C'est un de ces mots qui plaisent sans qu'on puisse dire pourquoi, et que nous aimions tant à rencontrer parce qu'ils nous frappaient tous deux en même temps, t'en souviens-tu, mon bon petit ?

À quelle époque vas-tu à Aixe *[sic]* ? Arrange-toi, je t'en prie, de manière à ce que je sache où tu seras, afin que si je ne te trouve pas à Paris, je te rencontre du moins en route. Dis-moi, toi qui as fait le voyage par Genève, combien il me faut d'argent pour le faire seule, afin que j'ordonne mes affaires en conséquence.

Adieu, mon bon enfant chéri. Je t'ai prié d'aller voir mon fils. Cela t'a peut-être contrarié. J'étais si inquiète que je ne savais à quel saint me vouer. Enfin, Papet m'a donné de lui d'excellentes nouvelles. Adieu cher ange, porte-toi toujours bien, Pagello me dit qu'il est en train de t'écrire un sermon sur le vin de Champagne. Sois sûr que s'il en avait sous la main, il en boirait une bouteille à chaque point de son discours. Sois sûr aussi que tu es bien

---

1. Les pièces du dramaturge allemand August von Kotzebue (1761-1819) étaient jouées dans toute l'Europe.

aimé. Adieu adieu. Voilà l'heure du courrier. Écris-moi beaucoup. Si tu savais quels bons jours sont ceux qui m'apportent une lettre de toi.

Alfred de Musset à George Sand

Paris, 15 juin 1834.

Il a fallu que ce fût Boucoiran qui allât chez André Cotier faire refaire un autre billet, par la raison que le premier était à son ordre. Il a dit à Buloz qu'il t'avait envoyé le 19 un bon de *onze cents* francs. Il est clair, d'après tes lettres, que la sienne est perdue, à moins qu'elle ne soit restée plusieurs jours à la poste restante, comme cela nous est arrivé quelquefois du temps que j'étais encore de ce monde. En tout cas tu vas être hors d'affaire.

Mon amie, je t'en supplie au nom de Dieu, si tu te retrouves jamais dans de pareilles circonstances, et quelque sujet de chagrin qui puisse t'affliger, fais quelque effort sur toi-même, ne t'abandonne pas à la douleur ; songe qu'il n'y a que ta vie qui me prouve encore que je vive, et de quelque misérable secours que je puisse être, ne crois pas ta coupe épuisée tant qu'il se peut trouver encore une goutte au fond de la mienne. Bois-la du moins cette faible goutte, avant de casser ton verre. Dis-moi de prendre ton fils ou ta fille par la main, de faire trois cents lieues pour te les amener, et de m'en revenir. Dis-moi de contracter pour toi une dette que je ferais de si bon cœur, et que je paierais ensuite par mon travail. Je ne suis qu'une pauvre paille dans le fleuve terrible qui t'entraîne, mais avant de céder au torrent, accroche-toi un instant à cette paille, ne fût-ce que pour qu'elle te suive dans l'océan.

Buloz vient de m'apporter la lettre que tu lui as envoyée pour la *Revue*. Il me l'a lue en ânonnant jusqu'à ce qu'impatienté des coups d'épingle que sa lourde déclamation me donnait dans le cœur, je lui aie arraché le papier des mains pour le finir à haute voix. Maintenant le voilà parti, et le cœur me bat si fort, qu'il faut que je t'écrive ce que j'éprouve. Mon enfant, il y a dans ta lettre un mot affreux, celui de *suicide* ; quel que soit le degré de foi qu'on ajoute à cette pensée chez les autres, elle ne prouve pas moins une très grande souffrance ; j'en ai ri souvent, mais depuis ces trois mois-ci, je ne ris plus de rien. Dis-moi, mon George, mon frère adoré, quand tu as écrit ce mot-là, quand tu m'as parlé dans une autre lettre de ton envie d'en finir, était-ce seulement l'inquiétude que tu ressentais pour ton fils, jointe au désappointement de ne pas recevoir ce que tu attendais ? ne sont-ce enfin bien réellement que des causes matérielles et réelles qui t'inspiraient cette affreuse et poignante pensée ? Il m'a semblé qu'une tristesse étrangère à tout cela dominait les autres motifs. Buloz lui-même s'est interrompu plusieurs fois en lisant, pour me dire : Qu'a-t-elle donc ? comme cela est triste ! Le pauvre homme qui ne se doute de rien au monde, ne manquait pas, il est vrai, d'ajouter : Mais vous ne l'avez pas quittée ? vous ne l'avez pas abandonnée ? — Hélas ! le pauvre garçon ne se doute pas du mal qu'il me fait avec ses balourdises. Mais il n'en est pas moins vrai que tu souffres ; je sais bien que toute ta vie, tu as pensé à la mort, que toute ta vie t'y a poussée, que cette idée t'est familière, presque chère ; mais enfin elle ne se représente à toi avec force que lorsque tu souffres, et je ne puis croire qu'elle naisse d'elle-même dans une organisation aussi belle, aussi complète et aussi harmonieuse que la tienne, comme dans celle d'un Anglais pulmonique. Je te parle franchement, mon enfant, mais ne suis-je pas un ami ? ne m'as-tu pas permis de l'être ? Lorsqu'en lisant cette lettre, je voyais cette gondole chargée d'êtres aimés et heureux s'approcher de toi en chantant et t'inviter à y descendre, je me disais : Elle est heureuse, Dieu soit loué ! Elle est entourée de braves et honnêtes gens qui veillent sur elle, elle se repose, elle oublie. Puis, quelques lignes plus bas, je trouve le mot de suicide.

Ô mon enfant, la plus aimée, la seule aimée des femmes, je te le jure sur mon père ; si le sacrifice de ma vie pouvait te donner une année de bonheur, je sauterais dans un précipice avec une joie éternelle dans l'âme. Mais sais-tu ce que c'est que d'être là, dans cette chambre, seul, sans un ami, sans un chien, sans un sou, sans une espérance, inondé de larmes depuis trois mois, et pour bien des années, d'avoir tout perdu, jusqu'à mes rêves, de me repaître d'un ennui sans fin, d'être plus vide que la nuit ; sais-tu ce que c'est que d'avoir pour toute consolation une seule pensée : qu'il faut que je souffre, et que je m'ensevelisse en silence, mais que du moins tu es heureuse! Peut-être heureuse par mes larmes, par mon absence, par le repos que je ne trouble plus. Ô mon amie, mon amie! Si tu ne l'étais pas!

Certes l'homme que tu as choisi ne peut avoir changé ta vie qu'en bien; c'est une noble créature, bonne et sincère; il t'est dévoué, j'en suis sûr, et tu es trop noble toi-même pour ne pas lui rendre le même dévouement. Il t'aime, et comme tu dois être aimée. Je n'ai jamais douté de lui, et cette confiance que rien ne détruira jamais a été ma force pour quitter Venise, ma force pour venir ici, pour y rester. Mais hélas! je n'en suis pas à apprendre aujourd'hui quel hiéroglyphe terrible c'est que ce mot si souvent répété, le bonheur! Ô mon Dieu, la création tout entière frémit de crainte et d'espérance en l'entendant. Le bonheur! est-ce l'absence du désir? est-ce de sentir tous les atomes de son être en contact avec d'autres? est-ce dans la pensée, dans les sens, dans le cœur que se trouve le bonheur? qui sait pourquoi il souffre? George, je viens de retrouver dans un coin du petit album que tu m'as donné à Venise un mot que j'y ai écrit pendant mon retour : — Il faudra bien que nous restions amis, et que nous nous consolions quelquefois, car nous avons souffert ce que les autres ne souffrent pas. — Réponds-moi, je t'en conjure, réponds-moi que les tristesses qui t'ont prise venaient de ton fils, de ton argent, que sais-je? d'une migraine. Mais réponds-moi que tu es heureuse, afin que je retourne au pied de mon lit, retrouver ma douleur courageuse et résignée, afin que l'idée de ton bonheur éveille encore un faible écho lointain dans le vide où je suis, et quelque chose

93

comme un petit soupir de joie au milieu de tous ces affreux sanglots que personne ne voit, si Dieu n'existe pas, ou ne les entend pas. Surtout, pardonne-moi de te parler avec cette franchise ; pardonne-moi de ne pouvoir imposer silence à mon cœur. Je suis muet depuis si longtemps et pour si longtemps ! Parle-moi un peu de toi, fais-moi vivre un quart d'heure, car la mort se repent de m'avoir manqué, là-bas, quand tes soins et tes veilles l'ont écartée de moi. Adieu, je n'en puis plus.

Tu dois avoir reçu un mot où je te dis que ton fils se porte bien.

En tout cas, que je puisse t'être utile ou non, je reste à Paris. Il ne sera pas dit que j'irai sottement chercher ce qui me fuit si bien, lorsque tu peux avoir besoin de moi, ne fût-ce que pour commander chez les marchands ce qu'il te faut là-bas. Adieu, je t'aime et ne veux aimer que toi, jusqu'à la mort. Adieu, adieu.

George Sand à Alfred de Musset

Venise, 26 juin 1834.

J'ai reçu, mon enfant chéri, ton billet il y a quelques jours, et ta lettre aujourd'hui. Je te remercie mille fois de m'avoir donné tout de suite des nouvelles de Maurice et de t'être occupé de ce sot envoi d'argent qui m'est enfin arrivé, grâce à un employé de la poste qui s'est donné la peine d'examiner toutes les lettres des bureaux de la poste restante et qui a trouvé celle de Boucoiran dans la case de Londres. Le pauvre garçon que tantôt j'accusais et que tantôt je pleurais comme mort et enterré avait été d'une exactitude extrême. Enfin j'ai payé mes dettes et j'ai de quoi dîner à discrétion. Tu ne peux pas t'imaginer, mon bon petit, par quelle série de souffrances et de déplaisirs mon destin s'est plu à me faire passer depuis quelque temps. Je t'en ai dit quelques-unes... et de colère, j'ai renvoyé [...] son départ. Voilà ce que c'est que la misère. On a beau s'en moquer, avoir un corps de cheval pour la supporter, un courage d'esclave pour le travail, elle vous avilit, elle donne le droit aux butors qui ont de l'argent de vous insulter et de vous plaindre. J'ai toujours porté la mienne hardiment et fièrement, parce que j'ai dans le bras de quoi me passer des trésors de M. Demidoff[1]. Mais une combinaison malheureuse, un sot hasard, la négligence d'un employé de la poste m'exposent à recevoir un affront, si affront il y a pour un orgueil aussi légitime que le mien, mais du moins une souillure, une fange dégoûtante, que l'on jette devant moi pour m'empêcher de passer. Ce sont de ces choses-là qui me donnent le spleen et qui réveillent mon idée de suicide, la triste compagne cramponnée après moi. Mais il ne faut pas, mon enfant, que cela t'inquiète, il est probable qu'elle me suivra toujours sans me faire aucun bobo, car après

1. Le futur mari de la princesse Mathilde, dont la fortune était très considérable.

tout, je n'ai ici aucun chagrin de cœur et si j'ai pu résister à ceux que j'ai éprouvés par le passé, il est probable que les contrariétés et les dégoûts de la vie matérielle n'auront pas plus de pouvoir que les douleurs de l'amour et de l'amitié. Ma dernière lettre a dû te rassurer. Je serais un monstre si je trouvais un sujet de plainte contre l'ami auquel tu m'as confiée. C'est un ange de douceur, de bonté et de dévouement. J'aime la vie quand je suis dans mon bon sens. Mais tu sais qu'il y a dans les choses extérieures des sujets de contrariété si poignante qu'ils nous en font sortir. J'ai donc des mauvais jours quand le mauvais destin me persécute, mais le destin aussi a ses bonnes lunes et j'espère que je viens d'entrer dans une de celles-là. Je suis rassurée sur mon fils, j'ai de bonnes nouvelles de ma fille, je ne dois plus un sou à Venise, et le mois prochain tout sera payé à Paris si Buloz ne me fait [...]. Au mois d'août j'embrasserai mes enfants. Non certes je ne les quitterai pas plus longtemps, j'en mourrais, et ils vont avoir besoin de moi vu que [...] obligés de voyager et de *voir* un peu ! c'est notre état, une nécessité de la vie, de l'avenir de l'artiste. Pietro me rejoindra à Paris dans tous les cas. Tu as donc bien raison de dire que mon bonheur a pris sa source dans tes larmes, non pas dans celles de ton désespoir et de ta souffrance, mais dans celles de ton enthousiasme et de ton sacrifice. Tu aimeras peut-être mieux par la suite, tu auras peut-être un caractère plus égal et plus heureux, mais tu ne seras jamais plus grand que tu ne l'as été dans ces tristes jours. N'en déteste pas la mémoire et quand l'ennui de la solitude te prend, rappelle-toi que tu m'as laissé un souvenir plus cher et plus précieux que tous les plaisirs de la possession.

Je ne veux pas que tu restes à Paris pour mes affaires. Si tu as de l'argent, si tu as envie de voyager, oh je t'en supplie, prends du plaisir ou au moins de la distraction. Mes affaires vont bien à présent. Boucoiran n'était ni amoureux ni mort. Il s'occupera de tout comme de coutume, seulement je te prie d'aller voir quelquefois mon fils pendant que tu seras à Paris, et de le faire sortir si tu vois qu'il soit négligé par Boucoiran. Mais, à ton défaut, Buloz me donnera bien de ses nouvelles et ma mère n'est pas capable, je pense, de lui laisser manquer ses sorties. Je ne veux avoir aucune relation avec Planche. Je vois d'après la manière froide et réservée dont Boucoiran me parle de lui, qu'il y a beaucoup de vrai dans les ragots de Buloz. Buloz est un imbécile de te reporter les mauvais propos. Boucoiran ne me dit rien, mais me fait bien comprendre à quoi je dois m'en tenir. J'aurai une petite explication avec Planche, qui se passera à huis clos, mais qui lui fermera la bouche pour longtemps.

Quant à toi, la meilleure réponse que tu puisses faire c'est de hausser les épaules et de dire comme autrefois, tra la la. Va donc où tu pourras et où tu voudras aller, pourvu que je te voie, peu ou beaucoup, comme tu l'entendras. Mais au moins que je sache si tu es beau comme autrefois, et gras comme tu t'en vantes, que je sois bien rassurée sur ta santé et que mon cœur se dilate en t'embrassant comme mon Maurice, et en t'entendant me dire que tu es mon ami, mon fils bien-aimé et que tu ne changeras jamais pour moi. Je ne sais pas encore si Pagello pourra m'accompagner. Ce grand voyage toute seule, et le chagrin qu'il aura de me voir partir m'effraient un peu. D'un autre côté, je sais qu'il n'acceptera pas de moi le plus simple prêt, et qu'il dira bien des *confiteor* avant de se décider à faire ailleurs une dette. Il a pourtant bien envie de ne pas me quitter [...] et il se fait une joie de t'embrasser. J'espère que cela l'emportera sur les embarras de sa position.

Encore un mot sur Planche : Boucoiran me mande qu'il corrige les épreuves de tout ce que Buloz publie de moi. C'est fort bien si ça l'amuse, et comme je ne l'en ai pas prié, je ne l'en remercierai pas. C'est une affaire entre Buloz et lui. Mais Buloz ne me paraît pas fort prudent s'il lui confie les lettres que je t'écris dans la *Revue*. Tu sais comme ces choses se passent, comme Buloz relit les épreuves corrigées, et tu sais aussi qu'une syllabe changée peut altérer entièrement le sens d'une phrase et même d'un paragraphe. Quelquefois la malice ou l'inadvertance font de singulières bévues, témoin le *ou* et le *où* de Figaro[1].

Comment pourrais-je m'étonner ou me fâcher de tes questions ? ô mon cher enfant, ne sais-je pas que tu me dis la vérité quand tu parles de donner ta vie pour moi ? Qu'ai-je de plus précieux au monde que cette confiance, sur laquelle j'ai bâti mon nouveau bonheur ? Ton amitié n'est-elle pas la base de tout ce qui peut m'arriver d'important désormais ? Tu m'as remise dans les mains d'un être dont l'affection et la

1. Figaro et Bartholo dissertent sur les différences entre *où* et *ou* dans *Le Mariage de Figaro*.

vertu sont immuables comme les Alpes. Les petits maux que je puis ressentir de la vie extérieure sont entièrement à part de lui et de toi, il ne faut pas y faire d'autre attention que de dire à Maurice : Écris à ta mère, et à Buloz : Envoyez de l'argent à George. Ce qui pourrait me faire du mal, et ce qui ne peut pas arriver, c'est de perdre ton affection. Ce qui me consolera de tous les maux possibles, c'est encore elle. Songe mon enfant que tu es dans ma vie à côté de mes enfants, et qu'il n'y a plus que deux ou trois grands coups qui puissent m'abattre, leur mort, ou ton indifférence. Quant à Pierre, c'est un corps qui nous enterrera tous, c'est un cœur qui ne s'appartient plus et qui est à nous comme celui que nous avons dans la poitrine.

Adieu adieu mon cher ange, ne sois pas triste à cause de moi, cherche au contraire ton espérance et ta consolation dans le souvenir de ta vieille mignoune, qui te chérit et qui prie Dieu pour que tu sois aimé.

Fais-moi le plaisir de jeter la lettre ci-jointe au premier bureau de poste que tu trouveras sur ton chemin.

Demain, je mets à la poste la moitié du second volume de *Jacques*. Dis et redis à Buloz que le 15 juillet il aura reçu tout le roman et qu'il faudra qu'il m'envoie les derniers mille francs courrier par courrier. Je veux partir d'ici le 25. Tu me ferais bien plaisir de lire *Jacques* et d'en retrancher les choses les plus bêtes. J'espère que Buloz aura fait payer M. de La Rochefoucauld. On dit que Buloz a acheté la *Revue de Paris* et qu'il a fait une mauvaise affaire. Est-ce vrai ?

Alfred de Musset à George Sand

Tu me demandes, mon amie, combien il te faut d'argent pour faire le voyage de Paris par Genève. Il ne faut pas l'entreprendre seul à moins de six cents francs et deux à moins de mille. J'espère que le bon docteur se laissera persuader, et que vous trouverez un moyen de lever les obstacles qui le retiennent à Venise. Il est fort important [...].

J'enrage de bon cœur de ne pas avoir un sou. Que ne puis-je vous être bon à quelque chose ! vous les meilleurs de mes amis ! Mais j'ai beau regarder mes quatre murs, je n'en saurais tirer une goutte d'huile ; ainsi, je ne serai jamais bon à rien, tant que je n'assassinerai personne.

Il s'est passé bien des choses, mon cher Georgeot, [...] si nous nous voyons à Paris ; car je ne sais pas encore de quelle façon M. le Tout-Puissant en ordonnera à cet égard. Dans tous les cas, j'espère que nous nous donnerons une poignée de main.

Antonio est parti ces jours-ci. Je lui ai dit que vous allez revenir ici ; — vous devriez attendre le docteur, lui ai-je dit, il vous ramènerait dans votre pays dans quelque temps — tu n'[...] riait, de toutes ses forces et de si bon cœur, que je me suis mis à en faire autant.

J'ai commencé le roman dont je t'ai parlé. À propos de cela, si tu as par hasard conservé les lettres
que je t'ai écrites depuis mon départ, fais-moi le plaisir de les apporter dans un [...] Tu te doutes bien que
je n'ai [...].

Dites-moi, monsieur, est-ce vrai que Mme Sand
soit *une femme adorable* ? — Telle est l'honnête question qu'une belle bête m'adressait l'autre jour. La
chère créature ne l'a pas répétée moins de trois fois,
pour voir apparemment si je varierais mes réponses.
— Chante, mon brave coq, me disais-je tout bas, tu
ne feras pas renier saint Pierre [...] bavarder les gens
qui s'y sont trompés ; j'ai cru devoir supprimer tout
ce qui pourrait faire dire que tu as formé une nouvelle liaison, avant d'avoir dénoué la première. Peut-
être cette raison-là devra-t-elle m'imposer aussi de te
voir rarement par la suite ; tout dépendra de toi pour
cela, et en tout cas ce sera, je pense [...] tu resteras
à Paris qu'il [...].

Alfred de Musset à George Sand

Paris, 18 août 1834.

Georgette, hier en te quittant, j'ai demandé à ma
mère de quoi aller aux Pyrénées. Elle me le donne,
et je pars dans quatre jours. Personne n'en saura la
cause ; mais je n'éprouve ni crainte ni fausse honte

en te la disant. J'ai trop compté sur moi en voulant te revoir, et j'ai reçu le dernier coup.

J'ai à recommencer la triste tâche de cinq mois de lutte et de souffrance, je vais mettre une seconde fois la mer et les montagnes entre nous. Ce sera la dernière épreuve ; je sais ce qu'elle me coûtera ; mais mon père de là-haut ne m'appellera pas lâche quand je paraîtrai devant lui. J'aurai tout fait pour tenter de vivre. J'attendrai de l'argent là-bas, et si Dieu le permet, je reverrai ma mère, mais je ne reverrai jamais la France.

Je t'ai vue heureuse ; je t'ai entendue dire que tu l'étais. Il m'eût été doux de rester votre ami, et que la douce joie de vos âmes eût été hospitalière envers ma douleur. Mais le destin ne pardonne pas.

Le monde saura mon histoire ; je l'écrirai ; elle ne servira peut-être à personne. Mais ceux qui suivent la même route que moi verront où elle mène ; ceux qui marchent sur le bord de l'abîme pâliront peut-être en m'entendant tomber.

C'était là ma mission. Ne crains jamais que je t'accuse, toi par qui je l'ai accomplie ! Tu devais être ma mort ou ma vie ; ton choix est juste ; c'en est fait de moi.

Le jour où j'ai quitté Venise, tu m'as donné une journée entière. Je pars aujourd'hui pour toujours, je pars seul, sans un compagnon, sans un chien. Je te demande une heure et un dernier baiser. Si tu crains un moment de tristesse, si ma demande importune Pierre, n'hésite pas à me refuser. Ce sera dur, mais je ne m'en plaindrai pas. Mais si tu as du courage, reçois-moi seule, chez toi ou ailleurs, où tu

voudras. Pourquoi craindrais-tu d'entendre hautement la voix solennelle de la Destinée ? N'as-tu pas
pleuré hier, lorsqu'elle nous a murmuré à cette
fenêtre entrouverte, ce triste air de ma pauvre valse ?
Ne pense pas retrouver jamais en moi, ni orgueil
offensé, ni douleur importune. Reçois-moi sur ton
cœur, ne parlons ni du passé, ni du présent, ni de
l'avenir ; que ce ne soit pas l'adieu de M. un tel et de
Mme une telle. Que ce soient deux âmes qui ont
souffert, deux intelligences souffrantes, deux aigles
blessés qui se rencontrent dans le ciel, et qui échan-
gent un cri de douleur, avant de se séparer pour
l'éternité. Que ce soit un embrassement, chaste
comme l'amour céleste, profond comme la douleur
humaine. Ô ma fiancée ! pose-moi doucement la
couronne d'épines ; et adieu ! Ce sera le dernier souvenir que conservera ta vieillesse, d'un enfant qui n'y
sera plus.

ALFRED.

George Sand à Alfred de Musset

Paris, 18 août 1834.

Oui, il faut nous quitter pour toujours. Il est
inquiet et il n'a pas tort, puisque tu es si troublé, et
il voit bien que cela me fait du mal. Est-il possible,
mon Dieu, que cela ne m'en fasse pas ? Mais je pars
pour Nohant, moi. Je vas passer là les vacances de

mes enfants. Je ne veux pas que tu t'exiles à cause de moi. Je *lui* ai tout dit. Il comprend tout, il est bon. Il veut que je te voie sans lui, une dernière fois et que je te décide à rester, au moins jusqu'à mon retour de Nohant. Viens donc chez moi, je suis trop malade pour sortir et il fait un temps affreux.

Ah ! ton amitié, ta chère amitié, je l'ai donc perdue puisque tu souffres auprès de moi !

Alfred de Musset à George Sand

Paris, 19 (?) août 1834.

C'est trop, ou trop peu. Manques-tu de courage ? Revoyons-nous, je t'en donnerai. Parle ou ne parle pas ; les lèvres des hommes n'ont pas de paroles que je ne puisse entendre sans crainte. Tu me dis que tu ne crains pas de blesser Pierre en me voyant ; quoi donc alors ? Ta position n'est pas changée ? Mon amour-propre, dis-tu ? Écoute, écoute, George, si tu as du cœur, rencontrons-nous quelque part, chez moi, chez toi, au Jardin des plantes, au cimetière, au tombeau de mon père (c'est là que je voulais te dire adieu), ouvre ton cœur, sans arrière-pensée, écoute-moi te jurer de mourir avec ton amour dans le cœur ; un dernier baiser et adieu ! Que crains-tu ? ô mon enfant, souviens-toi de ce triste soir à Venise, où tu m'as dit que tu avais un secret. C'était à un jaloux stupide que tu croyais parler ; non, mon George, c'est à un ami ; c'est la Providence qui changea tout à coup l'homme à qui tu parlais. Rappelle-toi cela ; au milieu de cette vie de misère et de souffrances, Dieu m'accorde peut-être la consolation de t'être bon à quelque chose. Sois-en sûre, oui, je le sens là, je ne suis pas ton mauvais génie. Qui sait ce que le ciel veut de nous ? Peut-être suis-je encore destiné à te rendre encore une fois le repos. Songe que je pars, mon enfant, ne fermons pas légèrement des portes éternelles.

Eh puis ! Avoir tant souffert, pendant ces cinq mois, partir pour souffrir plus encore, partir pour toujours, te savoir malheureuse, quand j'ai tout perdu pour te voir tranquille, et pas un adieu ! ah ! c'est trop, c'est trop. Je suis bien jeune, mon Dieu ; qu'ai-je donc fait ?

Alfred de Musset à George Sand

Paris, 19 août 1834.

Je te remercie de m'accorder ma demande. Quant à ma résolution de partir, n'en parlons pas, elle est irrévocable. Je l'ai prise hier soir en me couchant ; ce matin j'ai ouvert ma fenêtre, et j'ai regardé le soleil ; lui-même, du haut des sphères célestes, il n'avait rien vu qui pût la changer. Quoique tu m'aies connu enfant, crois aujourd'hui que je suis homme. Je ne m'abuse sur rien ; je ne crains ni n'espère rien ;

que je sois au désespoir, cela est possible ; mais ce n'est pas le désespoir qui agit en moi, c'est moi qui le sens, qui le calcule, et qui agis sur lui. Je t'en prie, pas un mot là-dessus et ne crains pas qu'il m'échappe rien. Tu me dis que je me trompe sur ce que j'éprouve. Non, je ne me trompe pas. J'éprouve le seul amour que j'aurai de ma vie. Je te le dis franchement et hautement, parce que j'ai raisonné avec cet amour-là jour par jour, minute par minute, dans la solitude et dans la foule, depuis cinq mois ; que je sais qu'il est invincible, mais que tout invincible qu'il est, ma volonté le sera aussi. Ils ne peuvent se détruire l'un l'autre ; mais il dépend de moi de faire agir l'un plutôt que l'autre. Ne te donne pas la peine de penser à tout cela ; il y a longtemps que j'y pense. Lorsque j'ai risqué de te voir, j'avais calculé toutes les chances ; celle-là est sortie. Ne t'en afflige pas, surtout, et sois sûre qu'il n'y a pas dans mon cœur une goutte d'amertume. J'ai écrit à Buloz, et je dîne avec lui aujourd'hui, pour causer d'affaire, afin d'avoir de l'argent là-bas. Il est probable que j'irai d'abord à Toulouse, chez mon oncle (dont je t'ai souvent parlé), de là aux Pyrénées ; et, de là dans un mois ou deux, à Cadix par eau.

Écris-moi quand tu veux que je te voie ; je pars mercredi, jeudi au plus tard. Adieu, ma bien-aimée Georgette.

Ton enfant,

ALFRED.

106

Alfred de Musset à George Sand

Je t'envoie un dernier adieu, ma bien-aimée, et je te l'envoie avec confiance, non sans douleur, mais sans désespoir. Les angoisses cruelles, les luttes poignantes, les larmes amères ont fait place en moi à une compagne bien chère, la pâle et douce mélancolie. Ce matin, après une nuit tranquille, je l'ai trouvée au chevet de mon lit, avec un doux sourire sur les lèvres ; c'est l'amie qui part avec moi. Elle porte au front ton dernier baiser. Pourquoi craindrais-je de te le dire ? n'a-t-il pas été aussi chaste, aussi pur que ta belle âme, ô ma bien-aimée ? Tu ne te reprocheras jamais ces deux heures si tristes que nous avons passées. Tu en garderas la mémoire. Elles ont versé sur ma plaie un baume salutaire. Tu ne te repentiras pas d'avoir laissé à ton pauvre ami un souvenir qu'il emportera et que toutes les peines et toutes les joies futures trouveront comme un talisman sur son cœur entre le monde et lui. Notre amitié est consacrée, mon enfant. Elle a reçu hier, devant Dieu, le saint baptême de nos larmes. Elle est immortelle comme lui. Je ne crains plus rien ni n'espère plus rien. J'ai fini sur la terre. Il ne m'était pas réservé d'avoir un plus grand bonheur. Eh bien, ma sœur chérie, je vais quitter ma patrie, ma mère, mes amis, le monde de ma jeunesse ; je vais partir seul, pour toujours, et je remercie Dieu. Celui qui est aimé de toi ne peut plus maudire, George. Je puis souffrir encore maintenant ; mais je ne peux plus maudire.

Quant à nos rapports à venir, tu décideras seule, sur quoi que ce soit qui regarde ma vie, parle, dis un mot, mon enfant, ma vie est à toi. Écris-moi d'aller mourir en silence dans un coin de la terre à trois cents lieues de toi, j'irai. Consulte ton cœur, si tu crois que Dieu te le dit, tâche de défendre notre pauvre amitié ; réserve-toi de pouvoir encore m'envoyer de temps en temps une poignée de main, un mot, une larme. Hélas ! ce sont là tous mes biens. Mais si tu crois devoir sacrifier notre amitié, si mes lettres, même hors de France, troublent ton bonheur, mon enfant, ou seulement ton repos, n'hésite pas. Oublie-moi. Je te le dis, je puis souffrir beaucoup sans me plaindre, à présent.

Sois heureuse, à tout prix. Oh ! sois heureuse, bien-aimée de mon âme ! Le temps est inexorable, la mort avare, les dernières années de la jeunesse s'envolent plus rapidement que les premières. Sois heureuse, ou, si tu ne l'es pas, tâche d'oublier qu'on peut l'être. Hier, tu me disais qu'on ne l'était jamais. Que t'ai-je répondu ? Je n'en sais rien. Hélas ! ce n'est pas à moi d'en parler. Les condamnés à mort ne renient pas leur Dieu.

Sois heureuse, aie du courage, de la patience, de la pitié ; tâche de vaincre un juste orgueil, rétrécis ton cœur, mon grand George, tu en as trop pour une poitrine humaine. Mais si tu renonces à la vie, si tu te retrouves jamais seule en face du malheur, rappelle-toi le serment que tu m'as fait : « Ne meurs pas sans moi. » Souviens-t'en, souviens-t'en, tu me l'as promis devant Dieu.

Mais je ne mourrai pas, moi, sans avoir fait mon livre, sur moi et sur toi (sur toi surtout). Non, ma belle, ma sainte fiancée, tu ne te coucheras pas dans cette froide terre sans qu'elle sache qui elle a portée. Non, non, j'en jure par ma jeunesse et par mon génie, il ne poussera sur ta tombe que des lys sans tache ; j'y poserai de ces mains que voilà ton épitaphe en marbre plus pur que les statues de nos gloires d'un jour. La postérité répétera nos noms comme ceux de ces amants immortels qui n'en ont plus qu'un à eux deux, comme Roméo et Juliette, comme Héloïse et Abélard ; on ne parlera jamais de l'un sans parler de l'autre. Ce sera là un mariage plus sacré que ceux que font les prêtres ; le mariage impérissable et chaste de l'Intelligence. Les peuples futurs y reconnaîtront le symbole du seul Dieu qu'ils adoreront ; quelqu'un n'a-t-il pas dit que les révolutions de l'esprit humain avaient toujours des avant-coureurs qui les annonçaient à leur siècle ! Eh bien, le siècle de l'Intelligence est venu. Elle sort des ruines du monde, cette souveraine de l'avenir : elle gravera ton portrait et le mien sur une des pierres de son collier. Elle sera le prêtre qui nous bénira, qui nous couchera dans la tombe comme une mère y couche sa fille le soir de ses noces ; elle écrira nos deux chiffres sur la nouvelle écorce de l'arbre de la vie ; je terminerai ton histoire par mon hymne d'amour ; je ferai un appel du fond d'un cœur de vingt ans, à tous les enfants de la terre ; je sonnerai aux oreilles de ce siècle blasé et corrompu, athée et crapuleux, la trompette des résurrections humaines, que le Christ a laissée aux pieds de sa croix. Jésus! Jésus! et moi aussi, je suis fils de ton père! Je te rendrai les baisers de ma fiancée; c'est toi qui me l'as envoyée, à travers tant de dangers, tant de courses lointaines, qu'elle a courus pour venir à moi. Je nous ferai, à elle et à moi, une tombe qui sera toujours verte, et peut-être les générations futures répéteront-elles quelques-unes de mes paroles, peut-être béniront-elles un jour ceux qui auront frappé avec le myrte de l'amour aux portes de la liberté.

Alfred de Musset à George Sand

Paris, 24 (?) août 1834.

Je m'aperçois, mon enfant, que ce que je t'avais demandé n'est pas chez toi; je ne sais pourquoi tu me renvoies ces oripeaux des anciens jours de joie; si tu n'en voulais pas, il fallait les jeter par la fenêtre.

Il me semble comprendre à ta lettre que nous ne nous verrons plus avant ton départ et le mien. Je pars lundi; ma place est retenue dans la malle-poste de Strasbourg. Les derniers mots de ton billet ont l'air d'un adieu, et un mot de notre dernière conversation m'a presque ôté le courage de t'en dire un autre. Je suis étonné qu'il reste dans mon cœur de la place pour une souffrance nouvelle. Qu'il en soit ce qui plaît à Dieu.

Alfred de Musset à George Sand

Baden, 1er septembre [1834].

Voilà huit jours que je suis parti, et je ne t'ai pas encore écrit. J'attendais un moment de calme, il n'y en a plus. Je voulais t'écrire doucement, tranquillement, par une belle matinée, te remercier de l'adieu que tu m'as envoyé, il est si bon, si triste si doux ; ma chère âme, tu as un cœur d'ange. Je voulais te parler seulement de mon amour, ah Georges *[sic]*, quel amour ! jamais homme n'a aimé comme je t'aime. Je suis perdu, vois-tu, je suis noyé, inondé d'amour ; je ne sais plus si je vis, si je mange, si je marche, si je respire, si je parle ; je sais que j'aime. Ah ! si tu as eu toute ta vie une soif de bonheur inextinguible, si c'est un bonheur d'être aimée, si tu l'as jamais demandé au ciel, oh toi, ma vie, mon bien, ma bien-aimée ! regarde le soleil, les fleurs, la verdure, le monde ! tu es aimée, dis-toi cela ; autant que Dieu peut être aimé par ses lévites, par ses amants, par ses martyrs, je t'aime, ô ma chair et mon sang ! je meurs d'amour, d'un amour sans fin, sans nom, insensé, désespéré, perdu, tu es aimée, adorée, idolâtrée jusqu'à mourir ! Et non ! je ne guérirai pas. Et non, je n'essayerai pas de vivre ; et j'aime mieux cela, et mourir en t'aimant vaut mieux que de vivre. Je me soucie bien de ce qu'ils en diront. Ils disent que tu as un autre amant.

Je le sais bien, j'en meurs. Mais j'aime, j'aime, j'aime. Qu'ils m'empêchent d'aimer !

Vois-tu, lorsque je suis parti, je n'ai pas pu souffrir ; il n'y avait pas de place dans mon cœur ; j'étais couvert de tes baisers ; je t'avais tenue dans mes bras, ô mon corps adoré ! Je t'avais pressée sur cette blessure chérie. Je suis parti sans savoir ce que je faisais ; je ne sais si ma mère était triste, je crois que non : je l'ai embrassée, je suis parti, je n'ai rien dit ; j'avais le souffle de tes lèvres sur les miennes, je te respirais encore. Ah ! George, tu as été tranquille et heureuse là-bas. Tu n'avais rien perdu. Mais sais-tu ce que c'est que d'attendre un baiser cinq mois ! Sais-tu ce que c'est pour un pauvre cœur, qui a senti pendant cinq mois, jour par jour, heure par heure, la vie l'abandonner, le froid de la tombe descendre lentement dans la solitude, la mort et l'oubli tomber goutte à goutte comme la neige, sais-tu ce que c'est pour un cœur serré jusqu'à cesser de battre, de se dilater un moment, de se rouvrir comme une pauvre fleur mourante, et de boire encore une goutte de rosée vivifiante ? Ô mon Dieu, je le sentais bien, je le savais, il ne fallait pas nous revoir. Maintenant c'est fini ; je m'étais dit qu'il fallait revivre, qu'il fallait prendre un autre amour, oublier le tien, avoir du courage. J'essayais, je tentais du moins. Mais maintenant, écoute, j'aime mieux ma souffrance que la vie ; tu m'as permis de t'aimer, vois-tu, tu te rétracterais que cela ne servirait à rien ; tu veux bien que je t'aime ; ton cœur le veut, tu ne diras pas le contraire, et moi, je suis perdu. Vois-tu, je ne réponds plus de rien.

Qu'est-ce que je viens faire, dis-moi, là ou là ? Qu'est-ce que cela me fait tous ces arbres, toutes ces montagnes, tous ces Allemands qui passent sans me comprendre, avec leur galimatias ? Qu'est-ce que c'est que cette chambre d'auberge ? Ils disent que cela est beau, que la vie est charmante, la promenade agréable, que les femmes dansent, que les hommes fument, boivent, chantent, et les chevaux s'en vont en galopant. Ce n'est pas la vie, tout cela, c'est le bruit de la vie. Écoute, George : plus rien, je t'en prie, pas un mot pour me dissuader ; pas de consolation, pas de jeunesse de gloire, d'avenir, d'espérance, pas de conseils, pas de reproches. Tout cela me fait penser que je suis jeune, que j'ai cru au bonheur, que j'ai une mère ; tout cela me donne envie de pleurer, et je n'ai plus de larmes. Je ne suis pas un fou, tu le sais, je lutterai tant que je pourrai. J'ai de la force encore ; mais de la force, mon Dieu ! à quoi sert d'en avoir, quand elle se tourne elle-même contre l'homme ? rien, rien. Je t'en supplie, ne me fais pas souffrir, ne me rappelle pas à la vie. Je te promets, je te jure de lutter, si je puis. Ne me dis pas que je t'écris dans un moment de fièvre ou de délire, que je me calmerai, voilà huit jours que j'attends un quart d'heure de calme, un seul moment pour t'écrire. Je le sais bien que je suis jeune, que j'ai fait naître des espérances dans quelques cœurs aimants, je sais bien qu'ils ont tous raison ; n'ai-je pas fait ce que je devais ? je suis parti, j'ai tout quitté. Qu'ont-ils à dire ? le reste me regarde. Il serait trop cruel de venir dire à un malheureux qui meurt d'amour qu'il a tort de mourir. Les taureaux blessés dans le cirque ont la permission d'aller se coucher dans un coin avec l'épée du matador dans l'épaule, et de finir en paix. Ainsi, je t'en supplie, pas un mot. Écoute : tout cela ne fera pas que tu prennes ta robe de voyage, un cheval ou une petite voiture, et que tu viennes. J'aurai beau regarder ; me voilà assis devant cette petite table au milieu de tes lettres, avec ton portrait que j'ai emporté ! Tu me dis que nous nous reverrons ; que tu ne mourras pas sans m'embrasser. Tu vois que je souffre, tu pleures avec moi, tu me laisses emporter de douces illusions, tu me parles de nous retrouver ; tout cela est bon, mon ange, tout cela est doux. Dieu te le rendra. Mais j'aurai beau regarder ma porte ; tu ne viendras pas y frapper, n'est-ce pas ? Tu ne prendras pas un morceau de papier grand comme la main, et tu n'écriras pas dessus : viens ! — Il y a entre nous je ne sais quelles phrases, je ne sais quels devoirs, je ne sais quels événements, il y a entre nous cent cinquante lieues. Eh bien, tout cela est parfait, il n'y en a pas si long à dire, je ne peux pas vivre sans toi, voilà tout.

Combien tout cela durera encore, je n'en sais rien ; j'aurais voulu faire ce livre. Mais il aurait fallu que je connusse en détail, et par époque, l'histoire de ta vie ; je connais ton caractère, mais je ne connais ta vie que confusément ; je ne sais pas tout, et ce que je sais, je le sais mal. Il aurait fallu que je te visse, que tu me racontasses tout cela. Si tu avais voulu, j'aurais loué aux environs de Moulins ou de Châteauroux un grenier, une table et un lit ; je m'y serais enfermé ; tu serais venue m'y voir une ou deux fois, seule, à cheval, moi, je n'aurais vu âme qui vive, j'aurais écrit,

114

pleuré, on m'aurait cru en Allemagne. Il y aurait eu
là quelques beaux moments. Tu n'aurais cru trahir
personne, j'espère ; tu m'as vu mourant d'amour dans
tes bras la dernière fois ; as-tu rien eu à te reprocher ?
Mais tous les rêves que je peux faire sont des chi-
mères ; il n'y a de vrai que les phrases, les devoirs, et
les choses ; tout est bien, tout est mieux ainsi.

Ô ma fiancée, je te demande encore pourtant
quelque chose. Sors un beau soir, au soleil couchant,
seule, va dans la campagne, assieds-toi sur l'herbe,
sous quelque saule vert ; regarde l'occident, et pense
à ton enfant qui va mourir. Tâche d'oublier le reste ;
relis mes lettres, si tu les as, ou mon petit livre,
pense, laisse aller ton bon cœur, donne-moi une
larme ; et puis rentre chez toi, doucement, allume ta
lampe, prends ta plume, donne une heure à ton
pauvre ami. Donne-moi tout ce qu'il y a pour moi
dans ton cœur. Efforce-toi plutôt un peu ; ce n'est
pas un crime, mon enfant. Tu peux m'en dire même
plus que tu n'en sentiras, je n'en saurai rien, ce ne
peut pas être un crime ; je suis perdu. Mais qu'il
n'y ait rien autre dans ta lettre que ton amitié pour
moi, que ton amour, George, ne l'appelles-tu pas
de l'amour ? Écris à Baden (grand-duché), poste restante. Affranchis jusqu'à la frontière et mets : *près
Strasbourg*. C'est à douze lieues de Strasbourg ; je
n'irai ni plus près ni plus loin. Mais que j'aie une
lettre, où il n'y ait rien que ton amour ; et dis-moi
que tu me donnes tes lèvres, tes dents, tes cheveux,
tout cela, cette tête que j'ai eue, et que tu m'em-
brasses, toi, moi ! ô Dieu, ô Dieu, quand j'y pense,
ma gorge se serre, mes yeux se troublent, mes

genoux chancellent ; ah ! il est horrible de mourir, il est horrible d'aimer ainsi. Quelle soif, mon George, ô quelle soif j'ai de toi ! Je t'en prie, que j'aie cette lettre. Je me meurs, adieu !

À Baden (Grand-Duché), près Strasbourg, poste restante.

Ô ma vie, ma vie, je te serre sur mon cœur, ô mon George, ma belle maîtresse ! mon premier, mon dernier amour !

George Sand à Alfred de Musset

Nohant, vers le 7 septembre 1834.

Je t'écris sur un album, d'un petit bois où je suis venue me promener seule, triste, brisée, et où je lis ta lettre de Baden. Hélas ! hélas ! qu'est-ce que tout cela ? pourquoi oublies-tu donc à chaque instant, et cette fois plus que jamais, que ce sentiment devait se transformer et ne plus pouvoir par sa nature faire ombrage à personne ? Ah ! tu m'aimes encore trop, il ne faut plus nous voir. C'est de la passion que tu exprimes, mais ce n'est plus le saint enthousiasme de tes bons moments. Ce n'est plus cette amitié pure dont j'espérais voir s'en aller, peu à peu, les expressions trop vives. Et pourtant, je ne m'en inquiétais pas de ces expressions, elles étaient la poétique habitude de ton langage de poète : et moi-même, est-ce que je pesais, et mesurais les mots ? Pour d'autres que pour nous ils eussent peut-être signifié autre chose, je n'en sais rien. Je sais, je croyais savoir, du moins, que pour *nous trois*, ils manifestaient un amour de l'âme où les sens n'étaient pour rien. Eh bien voilà que tu t'égares et *lui aussi*! Oui lui-même qui dans son parler italien est plein d'images et de protestations qui paraîtraient exagérées si on les traduisait mot à mot, lui qui, selon l'usage de là-bas, embrasse ses amis presque sur la bouche et cela sans y entendre malice, le brave et pur garçon qu'il est, lui qui tutoie la belle Crescini sans avoir jamais songé à être son amant, enfin lui qui faisait à Giulia Puppati (je t'ai dit qu'elle était sa sœur de la main gauche) des vers et des romances tout remplis d'*amore* et de *felicità*, le voilà, ce pauvre Pierre, qui après m'avoir dit tant de fois : *il nostro amore per Alfredo* lit je ne sais quel mot, quelle ligne de ma réponse à toi le jour du départ et s'imagine je ne sais quoi. Il croit que je me plaignais de lui à toi, quand c'est lui qui s'est plaint à toi de ma tristesse et de mon dépérissement de santé. N'ai-je pas, en dehors de lui et de toi, des sujets de chagrin qu'il devrait apprécier ? Tu m'as dit en partant : tu es donc malheureuse ? et je te disais : *oui, du côté de mes enfants que je ne veux pas perdre dussé-je tout briser dans ma vie.* Mais lui qui comprenait tout à Venise, du moment qu'il a mis le pied en France il n'a plus rien compris, et le voilà désespéré. Tout de moi le blesse et l'irrite, et, faut-il le dire, il part, il est peut-être parti à l'heure qu'il est, et moi je ne le retiendrai pas parce que je suis offensée jusqu'au fond de l'âme de ce qu'il m'écrit et que je le sens bien, il n'a plus la

117

foi, par conséquent il n'a plus l'amour. Je le verrai s'il est encore à Paris, je vais y retourner dans l'intention de le consoler, me justifier, non, le retenir, non. Est-ce que l'amour élevé et croyant est possible ? Est-ce qu'il ne faut pas que je meure sans l'avoir rencontré ? Toujours saisir des fantômes et poursuivre des ombres ! je m'en lasse. Et pourtant je l'aimais sincèrement et sérieusement cet homme généreux, aussi romanesque que moi, et que je croyais plus fort que moi. Je l'aimais comme un père, et tu étais notre enfant à tous deux. Le voilà qui redevient un être faible, soupçonneux, injuste, faisant des querelles d'Allemand et vous laissant tomber sur la tête ces pierres qui brisent tout ! et moi, il ne me faut plus songer à vivre. Oh ! que je suis malheureuse, je ne suis point aimée, je n'aime pas ! Me voilà insensible, un être stérile et maudit ! — Et toi tu viens me parler de transports d'ivresse, de désirs. Que t'ai-je fait, insensé, pour que tu brises tout dans mon âme, la confiance en toi et en moi-même ? — J'ai consommé mon suicide le jour où j'ai cru te sauver par l'amitié. Mais non, je suis injuste, je suis malade, j'ai tort. Tu étais sincère. Quand nous nous sommes revus tu étais bon et vrai. Tu voulais mon repos, ma dignité, mon bonheur avec lui. J'ai consenti à te voir seul, de l'avis et de l'aveu de Pierre. Les trois baisers que je t'ai donnés, un sur le front et un sur chaque joue en te quittant, il les a vus, et il n'en a pas été troublé, et moi, je lui savais tant de gré de me comprendre ! — Mais cette lettre d'aujourd'hui pourquoi me l'as-tu écrite ? S'il la voyait, lui, il croirait que je l'ai provoquée. Mais moi, qui vois bien que tu t'égares, je ne m'égarais pas, le ciel m'en est témoin, et tu le sais bien, toi ! Je n'avais rien, rien à me reprocher ! Il y a une fatalité, car c'est toi-même qui as éveillé ses soupçons sur moi. Telle n'était pas ton intention, n'est-ce pas ? Oh non, mon enfant c'est impossible ! Enfin, il prétend que pendant que tu lisais ma lettre il est entré chez toi et que ses yeux sont tombés sur ces mots, *il faut que je sois à toi — c'est ma destinée*, et il ajoute : *Non volli legger di più e lo poteva*[1]. Je ne puis rien expliquer ; il n'y a rien de cela dans ma lettre, dont je ne me rappelle pourtant pas un mot, mais que je n'ai pas écrite sous l'impression d'un accès de délire, j'imagine ! Non, je ne veux pas me justifier, car je suis outrée. Qu'il parte, je te redemanderai alors ma lettre et je la lui enverrai pour le punir... Mais non, pauvre Pierre, il souffre et je tâcherai de le consoler, et tu m'y aideras — car je sens que je meurs de tous ces orages, et je suis tous les jours plus malade, plus dégoûtée de la vie et il faut que nous nous séparions tous trois sans fiel et sans outrage. Je veux te revoir encore une fois et lui aussi. Je te l'ai promis d'ailleurs et je te renouvelle ma promesse ; mais ne m'aime plus, entends-tu bien ? Je ne vaux plus rien. Le doute de tout m'envahit tout à fait. Aime-moi si tu veux dans le passé et non telle que je suis à présent. Mon cœur se glace et tout ce que je te dis là, tout ce déchirement que je te révèle, c'est pour que si nous nous

1. Je ne voulus plus en lire davantage et [pourtant] je le pouvais.

revoyons à Paris, tu ne prennes aucune idée de rapprochement avec moi. Il faut nous quitter, vois-tu, il
le faut puisque tu arrives à te persuader que tu ne
peux guérir de cet amour pour moi qui te fait tant de
mal, et que tu as pourtant si solennellement abjuré à
Venise avant et même encore après ta maladie. Adieu
donc le beau poème de notre amitié sainte et de ce
lien idéal qui s'était formé entre nous trois, lorsque tu
lui arrachas à Venise l'aveu de son amour pour moi
et qu'il te jura de me rendre heureuse. Ah! cette nuit
d'enthousiasme où, malgré nous, tu joignis nos mains
en nous disant : Vous vous aimez, et vous m'aimez
pourtant, vous m'avez sauvé, âme et corps! — Tout
cela était donc un roman? Oui, rien qu'un rêve, et moi
seule, imbécile enfant que je suis, j'y marchais de
confiance et de bonne foi! et tu veux qu'après le réveil,
quand je vois que l'un me *désire* et que l'autre *m'abandonne* en m'outrageant, je croie encore à l'amour
sublime! Non hélas, il n'y a rien de tel en ce monde
et ceux qui se moquent de tout ont raison. Adieu, mon
pauvre enfant. Ah! sans mes enfants à moi, comme
je me jetterais dans la rivière avec plaisir!

Alfred de Musset à George Sand

Baden, 15 septembre [1834].

Je te renvoie ta lettre comme tu le veux. Jamais je
n'ai vu si clairement combien j'étais peu de chose

dans ta vie. Non pas parce que tu me refuses le peu de mots d'amitié que je t'avais demandés à genoux. Je conçois à merveille que dans ce moment-ci ils te coûteraient beaucoup trop, et loin de t'en vouloir de ce que tu me dis que tu n'as pas la force de me les envoyer, je ne vois [...] la franchise, et je t'en sais bon gré. Mais ta lettre a [...], j'y trouve à la dernière ces propres mots : *Je te renouvelle ma promesse* et, de l'autre côté, tu me dis *que je t'aime encore trop*, et *que tu n'auras pas la force de me revoir*. Il faut, ma pauvre amie, que ton cœur soit bien malade, et ne crois pas que je sois moi-même de force à t'adresser un reproche. Il faut que tu souffres beaucoup, pour que tu n'aies même plus une larme pour moi, et pour qu'en face de Dieu tu manques à ta parole, qui *depuis trente ans*, disais-tu, *n'a pas encore été faussée*. Elle le sera donc une fois, et j'aurai perdu le seul jour de bonheur qui me restait encore. Qu'il en soit ce qui plaît à Dieu, ou à l'esprit de mort. Car, à vingt-deux ans, sans avoir jamais fait de mal à personne, en être où je suis, et recevoir ainsi constamment, jour par jour, un nouveau coup de pierre sur la tête, c'est trop. Qu'il y ait une Providence ou non, je n'en veux rien savoir, s'il y en a une, je le lui dis en face : elle est injuste et cruelle. Elle est la plus forte, je le sais ; qu'elle me tue. Je ferai mieux que de la maudire, je la renie. — Ne va pas croire surtout que je te fasse un reproche, ô mon brave Georgeot, mon grand cœur, je ne t'en veux pas de manquer à la parole que tu m'avais donnée de ne pas mourir sans étendre la main, et sans te souvenir de moi quand tu serais seule en face de la douleur. Non, je ne t'en veux pas, car tu souffres. Je n'en veux qu'à cette destinée de mort qui sait le secret de trouver toujours un endroit à frapper dans un cœur plein de ses coups, ce n'est pas ta faute si je ne [suis plus] rien pour toi.

Tu me dis de lire bien [...] de frémir. Que crois-tu donc m'apprendre, mon enfant, en me disant qu'un soupçon jaloux tue l'amour dans ton cœur? Qui crois-tu donc que j'aime : toi, ou une autre? Tu t'appelles *insensible, un être stérile et maudit*? tu te demandes si tu n'es pas un monstre d'avoir le cœur fait comme tu l'as, et tu me dis de frémir en songeant de quels abîmes je suis sorti. Et, mon amie, me voilà ici à Baden, à deux pas de la maison de conversation[1]; je n'ai qu'à mettre mes souliers et mon habit, pour aller faire autant de déclarations d'amour que j'en voudrai, à autant de jolies petites poupées qui ne me recevront peut-être pas toutes mal, qui, à coup sûr, sont fort jolies, et qui, plus certainement encore, ne quittent pas leur amant parce qu'elles ne veulent pas se voir méconnaître. Quoi que tu fasses ou que tu dises, morte ou vive, sache que je t'aime, entends-tu, toi et non une autre. — «Aime-moi dans le passé, me dis-tu, mais non telle que je suis dans le présent.» — George, George, tu sauras que la femme que j'aime est celle des roches de Franchard[2], mais que c'est aussi celle de Venise, et celle-là, certes, ne m'apprend rien quand elle me dit qu'on ne l'offense pas impunément.

Je t'avoue qu'il y a un mot qui m'a choqué dans le

1. Nom d'une maison de jeu.
2. Rocher de la forêt de Fontainebleau du haut duquel Musset avait voulu se jeter en août 1833.

peu de lignes que tu me transcris de la lettre de Pierre : *non volli legger di più e lo poteva.* — Si tu n'avais pas rompu avec lui, je ne t'aurais jamais parlé de cela. Mais *c'est faux.* Mme La Couture était venue deux fois dans la journée, très inquiète, et tout essoufflée, me dire qu'elle avait mis le soir en se couchant ta lettre pour moi avec ma canne sur le canapé, qu'en se réveillant la lettre avait disparu, et qu'elle n'avait trouvé que la canne. Cela m'a semblé étrange, et la vérité est que lorsque j'ai ouvert la lettre, Pagello n'en pouvait rien voir. Le cachet était défait, et refermé avec le pouce.

Je ne sais pourquoi je te dis cela, ni pourquoi je te dis quelque chose. Je n'ai plus rien dans le cœur, ni dans la tête. Je crois que je vais revenir à Paris pour peu de temps, écris-y, si tu m'écris. Mais pourquoi ? à quoi bon, dis-moi, tout cela ? Je souffre, et à quoi bon ? Ta lettre m'a fait un mal cruel, George ; ah mon enfant, pourquoi ? Mais que sert de gémir ? tu me dis que tu m'écris, afin que je ne prenne aucune idée de rapprochement entre nous. Eh bien, écoute, adieu, n'écrivons plus... Tout cela, vois-tu, est horrible au bout du compte. Tu souffres, toi aussi, je te plains, mon enfant. Mais puisqu'il est vrai que je ne peux rien pour toi, eh bien alors, si notre amitié s'envole au moment où tu souffres et où tu es seule, qu'est-ce que tout cela ? Je ne t'en veux pas, je te le répète. Adieu, je ne sais où je serai, n'écris pas, je ne puis savoir.

Je relis cette lettre, et je vois que c'est un adieu. Ô mon Dieu, toujours des adieux ! Quelle vie est-ce donc ? mourir sans cesse ? Ah mon cœur, mon amour, je ne t'en veux pas de cette lettre-ci ; mais pour-

quoi m'as-tu écrit l'autre ? cette fatale promesse, maudit soit Dieu ! J'espérais encore. Ah malheur et malheur, c'est trop. J'avais encore un jour dans ma vie ;
un, un, sur tant d'années, à vingt ans, un jour, un seul
jusqu'à la mort. Qu'ai-je donc fait, sacré Dieu ! mais à
quoi bon tout cela. Il n'y a plus rien, n'est-ce pas, rien
dans ton cœur ? *Tu n'es point aimée, tu n'aimes pas*,
hideuse parole ; puissé-je ne l'écrire jamais !

Que je revienne à Paris, cela te choquera peut-être,
et *lui* aussi. J'avoue que je n'en suis plus à ménager
personne. S'il souffre, lui, eh bien qu'il souffre, ce
Vénitien qui m'a appris à souffrir ! Je lui rends sa
leçon, il me l'avait donnée en maître. Quant à toi, te
voilà prévenue, et je te rends tes propres paroles : *Je
t'écris cela, afin que si tu vinsses à apprendre mon
retour, tu n'en prisses aucune idée de rapprochement
avec moi.* Cela est-il dur ? peut-être. Il y a une région
dans l'âme, vois-tu, lorsque la douleur y entre, la
pitié en sort. Qu'il souffre ! Il te possède. Puisque ta
parole m'est retirée, puisqu'il est bien clair que toute
cette amitié, toutes ces promesses, au lieu d'amener
une consolation sainte et douce au jour de la douleur, tombent net devant elle, eh bien, puisque je
perds tout, adieu les larmes, adieu ; non pas adieu
d'amour. Je mourrai en t'aimant. Mais adieu la vie,
adieu l'amitié, la pitié, ô mon Dieu ! est-ce ainsi ? j'en
aurai profité. Par le ciel, en fermant cette lettre, il
me semble que c'est mon cœur que je ferme. Je le
sens qui se resserre, et s'ossifie. Adieu.

Alfred de Musset à George Sand

Paris le 13 (?) octobre 1834.

Mon amour, me voilà ici. Tu m'as écrit une lettre bien triste, mon pauvre ange, et j'arrive bien triste aussi. Tu veux bien que nous nous voyions, et moi si je le veux ! Mais ne crains pas de moi, mon enfant, la moindre parole, la moindre chose qui puisse te faire souffrir un instant. Voyons-nous, chère âme, et tu auras toute confiance, et tu sauras jusqu'à quel point je suis à toi, corps et âme, tu verras qu'il n'y a plus pour moi ni douleur ni désir, du moment qu'il s'agit de toi. Fie-toi à moi, George. Dieu sait que je ne te ferai jamais de mal. Reçois-moi, pleurons ou rions ensemble, parlons du passé ou de l'avenir, de la mort ou de la vie, de l'espérance ou de la douleur ; je ne suis plus rien que ce que tu me feras. Sais-tu les paroles de Ruth à Noëmi dans la Bible ? Je ne puis te dire autre chose.

Laissez-moi vivre de votre vie ; le pays où vous irez sera ma patrie, vos parents seront mes parents ; là où vous mourrez, je mourrai, et dans la terre qui vous recevra, là je serai ensevelie.

Ainsi, un mot, dis-moi ton heure. Sera-ce ce soir ? demain ? Quand tu voudras, quand tu auras une heure, un instant à perdre. Réponds-moi une ligne. Si c'est ce soir, tant mieux. Si c'est dans un mois, j'y serai. Ce sera quand tu n'auras rien à faire, moi je n'ai à faire que de t'aimer.

TON FRÈRE ALF^D.

Alfred de Musset à George Sand

Paris, après le 26 octobre 1834.

Je te quitte, et une affreuse idée s'est emparée de moi. Tu as écrit à tes amis du Berry. Mon enfant, mon enfant, que je suis coupable envers toi! Que de mal je t'ai fait cette nuit! Oh, je le sais! Et toi, toi, voudrais-tu m'en punir? Ô ma vie, ma bien-aimée, que je suis malheureux, que je suis fou, que je suis stupide, ingrat, brutal! Tu es triste, chère ange, et je ne sais pas respecter ta tristesse! Tu me dis un mot qui m'afflige, et je ne sais pas me taire, je ne sais pas sourire, je ne sais pas te dire que mille larmes, que mille affreux tourments, que les plus horribles malheurs peuvent tomber sur moi, que je peux les souffrir, et qu'ils n'ont qu'à attendre un sourire, un baiser de toi pour disparaître comme un songe! Ô mon enfant, mon âme! Je t'ai pressée, je t'ai fatiguée, quand je devrais passer les journées et les nuits à tes pieds, à attendre qu'il tombe une larme de tes beaux yeux pour la boire, à te regarder en silence, à respecter tout ce qu'il y a de douleur dans ton cœur; quand ta douleur devrait être pour moi un enfant chéri que je bercerais doucement; ô George! George! écoute; ne pense pas au passé; non, non! au nom du ciel, ne compare pas, ne réfléchis pas, je t'aime comme on n'a jamais aimé. Ô ma vie, attends,

attends, je t'en supplie, ne me condamne pas. Laisse faire le temps ; écris-moi plutôt de ne pas te revoir pendant huit jours, pendant un mois, que sais-je ? Ô Dieu, si je te perdais. Ma pauvre raison n'y tient pas. Mon enfant, punis-moi, je t'en prie : je suis un fou misérable, je mérite ta colère, bannis-moi de ta présence pendant un temps ; tu n'es pas assez forte toi-même pour m'aimer encore, et moi, et moi, je t'aime tant ; oh, que je souffre, amie ! quelle nuit je vais passer ! Oh, dis-toi cela, au nom du ciel, au nom de ta grand-mère, de ton fils, dis-toi que je t'aime, crois-le, mon enfant. Punis-moi, ne me condamne pas. Tiens, je ne sais ce que je dis : je suis au désespoir ; je t'ai offensée, affligée, je t'ai fatiguée ; comme je t'ai quittée ; oh insensé ! et quand j'ai eu fait trois pas j'ai cru que j'allais tomber. Ma vie, mon bien suprême, pardon, oh pardon à genoux ! Ah, pense à ces beaux jours que j'ai là dans le cœur, qui viennent, qui se lèvent, que je sens là, pense au bonheur, hélas ! hélas ! si l'amour l'a jamais donné, George, je n'ai jamais souffert ainsi. Un mot, non pas un pardon, je ne le mérite pas ; mais dis seulement : *j'attendrai*, et moi, Dieu du ciel, il y a sept mois que j'attends, je puis en attendre encore bien d'autres. Ma vie, doutes-tu de mon pauvre amour ? Ô mon enfant, crois-y, ou j'en mourrai.

George Sand à Alfred de Musset

Paris, fin octobre 1834.

J'en étais bien sûre que ces reproches-là viendraient dès le lendemain du bonheur rêvé et promis, et que tu me ferais un crime de ce que tu avais accepté comme un droit. En sommes-nous déjà là, mon Dieu ! Eh bien, n'allons pas plus loin, laisse-moi partir. Je le voulais hier, c'était un éternel adieu résolu dans mon esprit. Rappelle-toi ton désespoir et tout ce que tu as dit pour me faire croire que je t'étais nécessaire, que sans moi tu étais perdu, et encore une fois, j'ai été assez folle pour vouloir te sauver, mais tu es plus perdu qu'auparavant puisque, à peine satisfait, c'est contre moi que tu tournes ton désespoir et ta colère. Que faire, mon Dieu ! Ah ! que j'en ai assez de la vie, mon Dieu ! Qu'est-ce que tu veux, à présent, qu'est-ce que tu me demandes ? Des questions, des soupçons, des récriminations déjà, déjà ! Et pourquoi me parler de Pierre, quand je t'avais défendu de m'en parler jamais ? De quel droit d'ailleurs m'interroges-tu sur Venise ? Étais-je à toi, à Venise ? Dès le premier jour, quand tu m'as vue malade, n'as-tu pas pris de l'humeur en disant que c'était bien triste et bien ennuyeux, une femme malade ? Et n'est-ce pas du premier jour que date notre rupture ? Mon enfant, moi, je ne veux pas récriminer, mais il faut bien que tu t'en souviennes, toi qui oublies si aisément les faits. Je ne veux pas te dire tes torts. Jamais je ne t'ai dit seulement ce mot-là, jamais je ne me suis plainte d'avoir été enlevée à mes enfants, à mes amis, à mon travail, à mes affections et à mes devoirs, pour être conduite à trois cents lieues et abandonnée avec des paroles si offensantes et si navrantes sans aucun autre motif qu'une fièvre tierce, des yeux abattus, et la tristesse profonde où me jetait ton indifférence. Je ne me suis jamais plainte, je t'ai caché mes larmes, et ce mot affreux a été prononcé un certain soir que je n'oublierai jamais, dans le casino Danieli : « George, je m'étais trompé, je t'en demande pardon, mais *je ne t'aime pas*. » Si je n'eusse pas été malade, si on n'eût dû me saigner le lendemain, je serais partie. Mais tu n'avais pas d'argent, je ne savais pas si tu voudrais en accepter de moi, et je ne voulais pas, je ne pouvais pas te laisser seul, en pays étranger, sans entendre la langue et sans un sou. La porte de nos chambres fut fermée entre nous, et nous avons essayé là de reprendre notre vie de bons camarades comme autrefois ici. Mais cela n'était plus possible, tu t'ennuyais, je ne sais ce que tu devenais le soir et un jour tu me dis que tu craignais d'avoir une mauvaise maladie. Nous étions tristes. Je te disais : *Partons*, je te reconduirai jusqu'à Marseille. Et tu répondais : Oui, c'est le mieux, mais je voudrais travailler un peu ici puisque nous y sommes. Pierre venait me voir et me soignait, tu ne pensais guère à être jaloux, et certes je ne pensais guère à l'aimer. Mais quand je l'aurais aimé dès ce moment-là, quand j'aurais été à lui dès lors, veux-tu me dire quels comptes j'avais à te rendre, à toi qui m'appelais l'ennui personnifié, la rêveuse, la bête, la religieuse, que sais-je ? Tu m'avais blessée et offensée et je te l'avais dit aussi : *Nous ne nous aimons plus, nous ne nous sommes pas aimés*. Eh bien, à présent, tu veux l'historique jour par jour et heure par heure de ma liaison avec Pierre, et je ne te reconnais pas le droit de me questionner. Je m'avilirais en me laissant confesser comme une femme qui t'aurait trompé. Admets tout ce que tu voudras pour nous tourmenter, je n'ai à te répondre que ceci : ce n'est pas du premier jour que j'ai aimé Pierre, et même après ton départ, après t'avoir dit que je l'aimais *peut-être*, que *c'était mon secret* et que *n'étant plus à toi je pouvais être à lui sans te rendre compte de rien*, il s'est trouvé dans sa vie, à lui, dans ses liens mal rompus avec ses anciennes maîtresses, des situations ridicules et désagréables qui m'ont fait hésiter à me regarder comme engagée par des précédents *quelconques*. Donc il y a eu de ma part une sincérité dont j'appelle à toi-même et dont tes lettres font foi pour ma conscience. Je ne t'ai pas permis à Venise de me demander le moindre détail, si nous nous étions embrassés tel jour sur l'œil ou sur le front, et je te défends d'entrer dans une phase de ma vie où j'avais le droit de reprendre les voiles de la pudeur vis-à-vis de toi. Le temps où nous sommes redevenus frère et sœur a été chaste comme la fraternité réelle et à présent que je redeviens ta maîtresse, tu ne dois pas m'arracher ces voiles dont j'ai vis-à-vis de Pierre et vis-à-vis de moi-même le devoir de rester enveloppée. Crois-tu que s'il m'eût interrogée sur les secrets de notre oreiller, je lui eusse répondu ? Crois-tu que mon frère eût bon goût de m'interroger sur toi ? — Mais tu n'es plus mon frère, dis-tu ! hélas ! hélas ! n'as-tu pas compris mes répugnances à reprendre ce lien fatal ? Ne t'ai-je pas dit tout ce qui nous arrive ? N'ai-je pas prévu que tu souffrirais de ce passé qui t'exaltait comme un beau poème, tant que je me refusais à toi, et qui ne te paraît plus qu'un cauchemar, à présent que tu me ressaisis comme une proie ? Voyons, laisse-moi donc partir, nous allons être plus malheureux que jamais. Si je suis galante et perfide comme tu sembles me le dire, pourquoi t'acharnes-tu à me reprendre et à me garder ? Je ne voulais plus aimer, j'avais trop souffert. Ah ! si j'étais une coquette, tu serais moins malheureux. Il faudrait te mentir, te dire : Je n'ai pas aimé Pierre, je ne lui ai jamais appartenu. Qui m'empêchait de te le faire croire ? C'est parce que j'ai été sincère que tu es au supplice. Donc on ne peut pas s'aimer dans les conditions où nous sommes et tout ce que j'ai fait pour revenir à l'amitié était illusoire ! Que nous restera-t-il donc, mon Dieu, d'un lien qui nous avait semblé si beau ! Ni amour ni amitié, mon Dieu !

George Sand à Alfred de Musset

Paris, début de janvier 1835.

Six heures.
Pourquoi nous sommes-nous quittés si tristes ? nous verrons-nous ce soir ? pouvons-nous être heu-

reux ? pouvons-nous nous aimer ? tu as dit que oui, et j'essaye de le croire. Mais il me semble qu'il n'y a pas de suite dans tes idées, et qu'à la moindre souffrance, tu t'indignes contre moi, comme contre un joug. Hélas ! mon enfant ! Nous nous aimons, voilà la seule chose sûre qu'il y ait entre nous. Le temps et l'absence ne nous ont pas empêchés et ne nous empêcheront pas de nous aimer. Mais notre vie est-elle possible ensemble ? La mienne est-elle possible avec quelqu'un ? Cela m'effraie. Je suis triste et consternée par instants, tu me fais espérer et désespérer à chaque instant. Que ferai-je ? Veux-tu que je parte ? Veux-tu essayer encore de m'oublier ? Moi je ne chercherai pas, mais je puis me taire et m'en aller. Je sens que je vais t'aimer encore comme autrefois, si je ne fuis pas. Je te tuerai peut-être et moi avec toi, penses-y bien. Je voulais te dire d'avance tout ce qu'il y avait à craindre entre nous. J'aurais dû te l'écrire et ne pas revenir. La fatalité m'a ramenée ici. Faut-il l'accuser ou la bénir ? Je t'ai vu et je t'ai cédé. Il y a des heures je te l'avoue où l'effroi est plus fort que l'amour et où je me sens paralysée comme un homme sur le sentier de montagne qui n'ose ni avancer ni reculer entre deux abîmes. L'amour avec toi et une vie de fièvre pour tous deux peut-être : ou bien la solitude et le désespoir pour moi seule. Dis-moi, crois-tu pouvoir être heureux ailleurs ? Oui sans doute, tu as vingt-trois ans et les plus belles femmes du monde, les meilleures peut-être, peuvent t'appartenir. Moi, je n'ai pour t'attacher que le peu de bien, et le beaucoup de mal que je t'ai fait. C'est une triste dot que je t'apporte. Chasse-moi, mon enfant, dis un mot. Cette fois, tu n'auras rien à craindre de violent de ma part, et je ne te demanderai pas compte d'un bonheur auquel j'avais renoncé. Dis-moi ce que tu veux, fais ce que tu veux, ne t'occupe pas de moi, je vivrai pour toi aussi longtemps que tu voudras, et le jour où tu ne voudras plus, je m'éloignerai sans cesser de te chérir et de prier pour toi. Consulte ton cœur, ta raison aussi, ton avenir, ta mère, pense à ce que tu as hors de moi et ne me sacrifie rien. Si tu reviens à moi, je ne peux te promettre qu'une chose, c'est d'essayer de te rendre heureux. Mais il te faudrait de la patience et de l'indulgence pour quelques moments de peur et de tristesse que j'aurai encore sans doute. Cette patience-là n'est guère de ton âge. Consulte-toi, mon ange. Ma vie t'appartient et quoi qu'il arrive, sache que je t'aime et t'aimerai...

Veux-tu que j'aille là-bas à dix heures ?

Alfred de Musset à George Sand

Paris, début de janvier 1835.

Le bonheur, le bonheur, et la mort après, la mort avec ! Oui, tu me pardonnes, tu m'aimes ! tu vis, ô mon âme, tu seras heureuse ! Oui, par Dieu, heureuse par moi. Et oui, j'ai vingt-trois ans, et pourquoi les ai-je, pourquoi suis-je dans la force de l'âge, sinon pour te verser ma vie pour que tu la boives sur mes lèvres ? Ce soir, à dix heures et compte que j'y serai plus tôt. Viens dès que tu pourras ; viens pour que je me mette à genoux, pour que je te demande de vivre, d'aimer, de pardonner !

Ce soir, ce soir.

George Sand à Alfred de Musset

Paris, début de janvier 1835.

[...] à mon billet, et tu n'as peut-être pas voulu me voir. J'ai désiré cette séparation tous les jours, au moins une heure par jour, depuis que tu es venu me chercher à mon retour de Nohant pour m'emmener dîner avec toi, au milieu de mes résolutions et de mes frayeurs. Je n'ai pu prendre confiance à cette vie, qu'avec des efforts de courage ou des élans d'amour. Oh ceux-là pourquoi ne les sais-tu pas faire durer, pourquoi faut-il qu'avec toi, le cœur ne suffise pas ? Il y faut encore du caractère, de l'héroïsme, du dévouement, et je n'ai rien de tout cela, parce que je sens que tu ne t'y tromperais pas et que tu n'en voudrais pas. L'amour c'est le bonheur qu'on se donne mutuellement.

Ô Dieu, ô Dieu, je te fais des reproches à toi qui souffres tant ? Pardonne-moi mon ange, mon bien-aimé, mon infortuné. Je souffre tant moi-même ; je ne sais à qui m'en prendre. Je me plains à Dieu, je lui demande des miracles. Il n'en fait pas, il nous abandonne. Qu'allons-nous devenir ? Il faudrait que

134

l'un de nous eût de la force, soit pour aimer, soit pour guérir, et ne t'abuse, nous n'avons ni l'une ni l'autre, et pas plus l'un que l'autre. Tu crois que tu peux m'aimer encore, parce que tu peux espérer encore tous les matins après avoir nié tous les soirs. Tu as vingt-trois ans, et voilà que j'en ai trente et un, et tant de malheurs, tant de sanglots, de déchirements derrière moi! Où vas-tu? Qu'espères-tu de la solitude et de l'exaltation d'une douleur déjà si poignante? Hélas me voici lâche et flasque comme une corde brisée, me voici par terre, me roulant avec mon amour désolé comme avec un cadavre, et je souffre tant que je ne peux pas me relever pour l'enterrer ou pour le rappeler à la vie. Et toi, tu veux exciter et fouetter ta douleur. N'en as-tu pas assez comme cela? Moi je ne crois pas qu'il y ait quelque chose de pis que ce que j'éprouve.

Mais tu espères? tu t'en relèveras peut-être? Oui, je m'en souviens, tu as dit que tu la prendrais corps à corps et que tu sortirais victorieux de la lutte, si tu ne périssais pas tout d'un coup. Eh bien oui, tu es jeune, tu es poète, tu es dans ta beauté et dans ta force. Essaye donc, moi je vais mourir. Adieu, adieu, je ne veux pas te quitter, je veux ne pas te reprendre, je ne veux rien, rien, j'ai les genoux par terre, et les reins brisés, qu'on ne me parle de rien. Je veux embrasser la terre et pleurer. Je ne t'aime plus, mais je t'adore toujours. Je ne veux plus de toi, mais je ne peux pas m'en passer. Il n'y aurait qu'un coup de foudre d'en haut qui pourrait me guérir en m'anéantissant. Adieu, reste, pars, seulement ne dis pas que je ne souffre pas, il n'y a que cela qui puisse me faire souffrir davantage, mon seul amour, ma vie, mes entrailles, mon frère, mon sang, allez-vous-en, mais tuez-moi en partant.

Alfred de Musset à George Sand

Paris, début de janvier 1835.

Quitte-moi, toi, si tu veux. Tant que tu m'aimeras, c'est de la folie, je n'en aurai jamais la force. Écris-moi un mot, je donnerais je ne sais quoi pour t'avoir là. Si je peux me lever, j'irai te voir.

Alfred de Musset à George Sand

Paris, fin janvier 1835.

Mon ange adoré, je te renvoie ton argent, Buloz m'en a envoyé. Je t'aime, je t'aime, je t'aime, adieu, ô mon Georges [sic] c'est donc vrai ? Je t'aime pourtant. Adieu, adieu ma vie, mon bien. Adieu mes lèvres, mon cœur, mon amour. Je t'aime tant, ô Dieu ! Adieu. Toi, toi, toi, ne te moque pas d'un pauvre homme.

George Sand à Alfred de Musset

Paris, fin janvier 1835.

[...] Tout cela, vois-tu, c'est un jeu que nous jouons. Mais notre cœur et notre vie servent d'enjeux, et ce n'est pas tout à fait aussi plaisant que cela en a l'air. Veux-tu que nous allions nous brûler la cervelle ensemble à Franchard ? Ce sera plus tôt fait.

Rozanne[1] a eu une petite larme sur la joue, quand je lui ai lu le paragraphe qui la concerne. Viens pour elle, si ce n'est pour moi. Elle te donnera du lait et tu lui feras des vers. Je ne serai jalouse que du plaisir qu'elle aura à te soigner, mais de [...].

Alfred de Musset à George Sand

Paris, ... janvier 1835.

J'ai une fièvre de cheval ; impossible de tenir sur mes jambes ; j'espérais que cela se calmerait. Comment donc faire pour te voir ? Viens donc avec Papet ou Rollinat[2] ; il entrerait le premier tout seul, et quand il n'y aurait personne il t'ouvrirait, après dîner cela se peut bien. Je me meurs de te voir une minute si tu veux. Aime-moi. Vers huit heures tu peux venir, veux-tu ?

1. La comédienne Rozanne Bourgoing.
2. Le Berrichon François Rollinat, ami d'enfance de George Sand.

George Sand à Alfred de Musset

Paris, ... janvier (?) 1835.

Certainement, j'irai mon pauvre enfant. Je suis bien inquiète. Dis-moi, est-ce que je ne peux pas t'aller soigner. Est-ce que ta mère s'y opposerait ? Je peux mettre un bonnet et un tablier à Sophie. Ta sœur ne me connaît pas. Ta mère fera semblant de ne pas me reconnaître, et je passerai pour une garde. Laisse-moi te veiller cette nuit, je t'en supplie. Parle à ta mère, dis-lui que tu le veux.

Alfred de Musset à George Sand

Paris, février 1835.

J'ai fait des rêves horribles, et toi aussi, mais ta *Lélia* n'est point un rêve, tu ne t'es trompée qu'à la fin. — Il ne dort pas sous les roseaux du lac, ton Sténio : il est à tes côtés, il assiste à toutes tes douleurs, ses yeux trempés de larmes veillent sur tes nuits silencieuses. — Regarde autour de toi, son ombre triste et souffrante ne t'apparaît-elle pas dans le dernier rêve de ta vie ? Ah oui, c'est moi, moi, tu m'as pressenti. Quand sa pâle figure s'est présentée à toi dans le calme des nuits, quand tu as écrit pour la première fois son nom sur la première page, c'est moi qui m'approchais. Une main invisible m'amenait à toi, l'ange de tes douleurs m'avait mis dans les mains une couronne d'épines et un linceul blanc, et m'avait dit : va lui porter cela ; tu lui diras que c'est moi qui les lui envoie. Moi je croyais tenir une couronne de fleurs, et le voile de ma fiancée ; ainsi je suis venu et je te les ai donnés.

Peut-être l'as-tu cru aussi, car tu les as mis sur ta tête, et tu m'as attiré sur ton cœur : tu as parlé à la fois de bonheur et de mort ; tu m'as dit que je t'apprenais la vie et l'amour, et tu t'es dit en toi-même, il faut que je meure, voilà mon jour arrivé.

Alors tu m'as mis à côté de toi, et tu as arrangé tes papiers ; tu me disais toujours, voilà toute ma vie revenue, il faut me traiter en convalescente, je vais renaître, et en disant cela, tu écrivais ton testament.

Moi, je me disais : voilà ce que je ferai ; je la prendrai avec moi, pour aller dans une prairie ; je lui montrerai les feuilles qui poussent, les fleurs qui s'aiment, le soleil qui échauffe tout dans l'horizon plein de vie ; je l'assoirai sur du jeune chaume, elle écoutera, et elle comprendra bien ce que disent tous ces oiseaux, toutes ces rivières avec les harmonies du monde — elle reconnaîtra tous ces milliers de frères, et moi pour l'un d'entre eux ; elle nous pressera sur son cœur ; elle deviendra blanche comme un lys, et elle prendra racine dans la sève du monde tout-puissant.

Je t'ai donc prise et je t'ai emportée; mais je me suis senti trop faible. Je croyais que j'étais trop jeune parce que j'avais vécu sans mon cœur, et que je me disais toujours : je m'en servirai en temps et lieu : mais j'avais traversé un si triste pays que mon cœur ne pouvait plus se desserrer sans souffrir, tant il avait souffert pour se serrer autant; ce qui fait que mes bras étaient tout allongés et tout maigres, et je t'ai laissée tomber.

Tu ne m'en as pas voulu. Tu m'as dit que c'était parce que tu étais trop lourde, et tu t'es retournée la face contre terre, mais tu me faisais signe de la main pour me dire de continuer sans toi, et que la montagne était proche, mais tu es devenue pâle comme une hyacinthe et le tertre vert s'est roulé sur toi, et je ne t'ai plus vue qu'une petite éminence où poussait de l'herbe. Je me suis mis à pleurer sur ta tombe et alors je me suis senti la force d'un millier d'hommes pour t'emporter, mais les cloches sonnaient dans le lointain et il y avait des gens qui traversaient la vallée en disant; voilà comme elle était, elle faisait ceci, elle faisait cela. Elle a fini par là. Alors il est venu des hommes qui m'ont dit : la voilà donc, nous l'avons tuée; mais je me suis éloigné avec horreur, en disant; je ne l'ai pas tuée, si j'ai de son sang après les mains, c'est que je l'ai ensevelie, et vous, vous l'avez tuée, et vous avez lavé vos mains. Prenez garde que je n'écrive sur sa tombe qu'elle était bonne, sincère, et grande, et si on vous demande qui je suis, répondez que vous n'en savez rien, attendu que je sais qui vous êtes. Le jour où elle sortira de cette tombe, son visage portera les marques de vos coups, mais ses larmes les cacheront et il y en aura une pour moi.

Mais toi tu ne vois pas les miennes! Ma fatale jeunesse m'a peint sur le visage un rire convulsif. Tu m'as aimé, mais ton amour était solitaire comme le désespoir; tu avais tant pleuré, et moi si peu! Tu meurs muette sur mon cœur, mais je ne retournerai point à la vie, quand tu n'y seras plus; j'aimerai les fleurs de ta tombe comme je t'ai aimée, elles me laisseront boire comme toi leur doux parfum et leur triste rosée, elles se faneront comme toi sans me répondre et sans savoir pour qui elles meurent.

George Sand à Alfred de Musset

Paris, 22 ou 23 (?) février 1835.

Non, non, c'est assez! Pauvre malheureux, je t'ai aimé comme mon fils, c'est un amour de mère, j'en saigne encore. Je te plains, je te pardonne tout, mais il faut nous quitter. J'y deviendrais méchante. Tu dis que cela vaudrait mieux et que je devrais te souffleter quand tu m'outrages. Je ne sais pas lutter. Dieu m'a faite douce et cependant fière. Mon orgueil est brisé à présent, et mon amour n'est plus que de la pitié. Je te le dis, il faut en guérir. Sainte-Beuve a raison. Ta conduite est déplorable, impossible. Mon Dieu à quelle vie vais-je te laisser! L'ivresse, le vin! les filles, et encore, et toujours! Mais puisque je ne peux plus rien pour t'en préserver, faut-il prolonger cette honte pour moi, et ce supplice pour toi-même ? Mes larmes t'irritent. Ta folle jalousie à tout propos, au milieu de tout cela ! plus tu perds le droit d'être jaloux plus tu le deviens ! Cela ressemble à une punition de Dieu sur ta pauvre tête. Mais mes enfants à moi, oh ! mes enfants, mes enfants ! adieu, adieu, malheureux que tu es, mes enfants, mes enfants !...

Alfred de Musset à George Sand

Paris, fin février ou début mars 1835.

Senza veder, e senza parlar, toccar la mano d'un pazzo chi partè domani [1].

Alfred de Musset à George Sand

Paris, début du carême de 1835.

Mon cher Georgeot, je vais partir. Je suis tellement misérable que je n'ai même pas le courage d'attendre jusqu'à ton départ. J'ai fait mes petits paquets, et ma place est retenue pour ce soir. Malgré que nous

---

1. Sans voir, et sans parler, toucher la main d'un fou qui part demain.

soyons aujourd'hui dans toute cette tristesse des jours gras, voudras-tu me donner un quart d'heure d'adieu ? Ce ne sera qu'autant que tu ne t'en effraieras pas. Si tu ne peux pas, écris-moi un mot ; que je ne parte pas sans une poignée de main, et un dernier souvenir.

Ton pauvre vieux lièvre.

ALFRED.

Alfred de Musset à George Sand

Paris, fin février ou début mars 1835.

C'est chez toi, mon enfant, que j'irai te dire adieu. Je t'avais écrit non pour te demander de venir ailleurs, mais simplement pour être sûr de te voir un instant. Ne t'effraye pas ; je ne suis de force à tuer personne ce matin.

A.

Alfred de Musset à George Sand

Paris, mars (?) 1835.

Mon enfant, viens me voir ce soir, je t'en prie. J'ai écrit sans réfléchir, et si je t'ai parlé durement c'est sans le vouloir. Viens, si tu me crois.

*Composition CPI Bussière
et impression Novoprint à Barcelone,
le 10 janvier 2011
Dépôt légal : janvier 2011*
ISBN 978-2-07-043917-1/Imprimé en Espagne.

182576